Liebeskummer lohnt sich

Hortense Ullrich

Liebeskummer lohnt sich

Thienemann

Sonntag, 1. August

Mann, was für ein Stress.

Fast hätte ich meinen Flieger verpasst. Den Liebeskummer-Flug nach Paris. Alles wegen Justus. Mein süßer, geliebter Justus, in den ich mich nach unendlich vielen Missverständnissen verliebt hatte. Justus und Jojo – das ideale Paar. Und dann das! Mitten in unserer perfekten Beziehung zogen seine Eltern in eine andere Stadt. Und ich saß da. Ohne Justus, aber mit Liebeskummer. Denn er hat sich nie mehr bei mir gemeldet.

Justus ade. Mein Leben ist zu Ende. Mein Liebesleben zumindest.

Dass ich nur noch zu Hause rumhing, laut vor mich hin seufzte und leidend ins Universum starrte, ging meiner Mutter auf den Wecker. Na ja, womöglich tat ich ihr auch echt leid und sie meinte es gut: »Jojo-Schätzchen« (unter uns gesagt: Jojo-Schätzchen ist mittlerweile dreizehn und es hat sich langsam ausgeschätzchend), »du solltest verreisen. Dann kommst du auf andere Gedanken.«

»Verreisen bringt nichts, es wird mich alles bloß an Justus erinnern«, sagte ich.

Aber das kapierte meine Mutter nicht. »Wieso? Ihr seid doch noch nie zusammen verreist.«

»Das ist egal. Wenn man echt verliebt ist, erinnert einen alles an die Liebe. Züge werden mich an Justus erinnern, Flugzeuge, fremde Länder, selbst ein Päckchen Hüttenkäse.«

»Hüttenkäse?!«

»Ja, auch Hüttenkäse.«

Meine Mutter schüttelte den Kopf und seufzte laut: »Hüttenkäse.«

»Ich würde vorschlagen, wir lassen Jojo gegen Pubertät und Liebeskummer impfen. Es gibt da bestimmt eine Kombi-Spritze. Falls nicht, probieren wir es mit einer Tollwut-Impfung«, riet meine Schwester Flippi. Sie ist jünger als ich, nervig und absolut überflüssig.

Meine Mutter, die Unparteiische, lachte sich halb tot.

Ich war auf hundertachtzig.

Meine Mutter versuchte zu vermitteln: »Jojo, reg dich nicht auf, Flippi meint es nicht so.«

»Oh doch«, tönte Flippi, ballte die Fäuste und ging in Angriffsstellung.

Flugs sprang meine Mutter zwischen uns und flötete: »Flippi, Herzchen, warum holst du dir nicht ein Eis aus dem Kühlschrank?!«

»Ein Eis? Ein Eis??! Wieso denn das? Etwa zur

Belohnung, weil Flippi mal wieder total unsensibel, unverschämt und beleidigend ist? Was ist denn das für eine Strafe?« Ich platzte fast vor Wut.

Flippi grinste nur: »Du hast eben keine Ahnung von Kindererziehung!«

Ach ja, aber sie. Und meine Mutter erst. Diese Familie ist echt nicht auszuhalten. »Wieso schickst du die Göre nicht in ihr Zimmer?«, fragte ich meine Mutter.

»Weil Flippi nicht in ihr Zimmer gehen würde. Ich wollte einen Krieg zwischen euch beiden verhindern. Und das war die sicherste Methode!«

»Das ist das Letzte!« Ich konnte mich gar nicht beruhigen. »Tolle Erziehungsmethode. Ich hab Liebeskummer und Flippi kriegt ein Eis.«

»Hol dir halt auch ein Eis!«, stöhnte meine Mutter und fügte dann schnell hinzu: »Aber erst, wenn Flippi wieder aus der Küche draußen ist.«

Eis hilft aber nicht gegen Liebeskummer.

Deshalb muss ich jetzt nach Paris. Zur Ablenkung. Hat meine Mutter angeordnet. Sie meinte, das beste Rezept gegen Liebeskummer wären vier Wochen Sprachaufenthalt in Paris. Meine Mutter und ihre merkwürdigen Theorien …

Ob Paris hilft, werden wir ja sehen.

Und dann hätte sie es fast selbst versiebt. Sie hatte den Abflugtermin einfach vergessen.

Wir stürmten also heute Morgen im Dauerlauf

in den Flughafen rein. Die nervige peinliche Flippi rannte durch die ganze Abflughalle, fuchtelte wild mit den Armen in der Luft herum und schrie: »Tatütata! Platz da! Weg! Das ist ein Notfall!« Unsanft schubste sie die Leute aus dem Weg. Die Zeit, die wir dadurch gewannen, ging allerdings durch meine Mutter wieder verloren. Denn sie entschuldigte sich bei jedem Einzelnen, den Flippi angerempelt hatte. Und zwar mit Handschlag und einer langatmigen Erklärung, wieso wir zu spät sind und warum wir uns so sehr beeilen müssen.

Ich hatte ein irres Tempo drauf, als wir endlich am Abflugschalter ankamen, deshalb war mein Bremsweg zu lang. Ich knallte voll auf einen Typ, der in der Warteschlange stand. Wäre ja nicht so schlimm gewesen, wenn der Kerl nicht einen Becher Cola in der Hand gehabt hätte. Na, die Cola hatte er dann nicht mehr im Becher, sondern auf seinem Pullover.

Meine Mutter und Flippi achteten gar nicht auf mich und rannten weiter. Ich stand da und sagte: »Hups.«

»Hups ist keine Entschuldigung«, meinte der Typ ziemlich cool.

»Sollte ja auch keine sein«, erwiderte ich wahrheitsgetreu. Ich hatte nämlich »hups« gesagt, weil der Typ echt supergut aussah.

Er schaute an sich runter. »Und was …«

Weiter kam er nicht, denn plötzlich stand Flippi wieder neben mir.

»Keine Zeit zum Sülzen. Sie muss ihren Flieger erwischen«, rief Flippi dem Typ zu und zerrte mich weiter, bevor ich etwas sagen konnte. Schade.

Meine Mutter quatschte mittlerweile eine Angestellte der Fluglinie zu.

»Und achten Sie darauf, dass sie auch was isst. Sie war schon immer sehr mäkelig, wenn es ums Essen ging.« Dann zog sie etwas aus ihrer Handtasche und reichte es der Dame. »Das sind Müslikekse. Geben Sie ihr die Kekse aber erst, wenn sie den Teller leer gegessen hat.«

»Mami!«, zischte ich sie an. »Was soll das denn?«

Mäkelig! Ich bin nicht mäkelig. Ich esse nur nicht alles.

Meine Mutter ignorierte meinen Einwand und schob mich auf die Dame zu. »Das ist sie. Meine Tochter Jojo. Also eigentlich heißt sie Josefine, aber ...«

»Mami, bitte!«, flehte ich.

Die Dame rang nach Luft. Sie war sichtlich erschöpft. Sie wandte sich an mich: »Du musst dich beeilen. Das ist der letzte Aufruf für alle, die mitfliegen wollen.«

Meine Mutter seufzte tief und leidend, nahm mich in den Arm und drückte mich, bis mir die Luft wegblieb und ich langsam blau anlief. Flippi rettete mich. Sie knuffte meine Mutter in die Seite und meinte: »Lass sie am Leben, ich hab keine Lust, hier gleich ’ne Leiche aus dem Flughafen rauszuschleppen.«

Das brachte ihr einen tadelnden Blick von meiner Mutter ein. Aber immerhin lockerte sie ihren Griff und ich konnte wieder atmen. Nach dreiundneunzig Ermahnungen, was ich unbedingt zu tun und was ich unbedingt zu lassen hätte, durfte ich dann gehen.

Die Dame, der meine Mutter die Anweisungen für meine Ernährung und die Müslikekse gegeben hatte, blieb am Schalter stehen. Meine Mutter schaute sie auffordernd an: »Was denn, wollen Sie nicht auch einsteigen?«

»Ich bin keine Stewardess. Ich gehöre zum Bodenpersonal. Ich fliege nicht mit.«

Meine Mutter riss ihr völlig empört die Müslikekse wieder aus der Hand und meinte: »Das hätten Sie auch gleich sagen können.«

»Hätte ich gerne getan, aber Sie haben mich ja nicht zu Wort kommen lassen.«

Meine Mutter ignorierte diesen Kommentar, eilte hinter mir her, drückte mir die Müslikekse in die Hand und streichelte mir über den Kopf.

Ich hasse das. Außerdem hasse ich Müslikekse. Hinter dem Rücken meiner Mutter gab ich sie schnell Flippi. Da sind wir ein eingespieltes Team.

Flippi ist dankbar für jede Art von Nahrung. Wer bei uns lebt und von meiner Mutter essensmäßig versorgt wird, ist das. Entweder stellt man seinen Hunger komplett ein oder man isst, was immer sich nicht mehr schnell genug aus eigener Kraft vor einem retten kann.

Im Flugzeug ließ ich mich auf den nächstbesten freien Fensterplatz fallen. Puh.

Mein erster Flug und nur Stress. Hatte ich mir auch anders vorgestellt.

Ich wollte mich anschnallen, verhedderte mich aber derart in meiner Gürtelschnalle, dass mich eine Stewardess wieder befreien musste.

»Sitzt du eigentlich bequem?«, fragte sie.

»Geht so.« Der Sitz war irgendwie eng.

»Vielleicht nimmst du einfach deinen Rucksack ab und stellst ihn unter den Sitz?«

Peinlich. Dass ich den noch auf dem Rücken hatte, war mir in meiner Aufregung völlig entgangen.

Dann kramte ich mein Tagebuch hervor. Eigentlich finde ich es ja doof, Tagebuch zu schreiben. Vor allem weil meine Mutter es so toll findet. Fast hätte ich deshalb damit aufgehört.

Mütter sollten wirklich darauf achten, was sie sagen.

Von mir aus kann's jetzt losgehen, dachte ich. Auf nach Paris! In die Stadt der Liebe.

Zehn Minuten später

Nach mir kamen noch zwei Leute in den Flieger. Ich hörte, wie sie versuchten, mit der Stewardess zu verhandeln, weil sie nicht nebeneinander saßen. Und einer zeterte, er brauche einen trockenen Pullover, weil so eine hirnamputierte Knalltüte ihm seine Cola übergeschüttet habe. Die Stimme kam mir bekannt vor. Oh nein, bitte nicht. Ich sank in meinem Sitz zusammen und versuchte unsichtbar zu werden.

Die Stewardess meinte, die beiden sollten erst mal auf ihren Sitzen Platz nehmen, damit der Flieger starten kann. Später würde sie sich um alles kümmern.

Ich versuchte mich so klein wie möglich zu machen. Nützte aber nichts. Ausgerechnet in meiner Sitzreihe blieb der Cola-Typ stehen. War ja klar.

Erst guckte er mich ultracool an. Dann riss er plötzlich ungläubig die Augen auf: Er hatte mich wiedererkannt. Zu dumm.

Voll angenervt meinte er zu dem älteren Typ, mit dem er zusammen eingestiegen war: »Darf ja wohl nicht wahr sein, ich sitz schon wieder in der Kinder-Abteilung.«

Frechheit! Er war höchstens zwei Jahre älter als ich.

Der Ältere grinste nur und nahm ein paar Reihen weiter hinten Platz.

Mister Cola guckte auf den Abschnitt von seiner Bordkarte, hielt ihn mir unter die Nase und meinte unfreundlich: »Du sitzt auf meinem Fensterplatz.«

Mist. Ich hatte keine Ahnung, dass die Plätze nummeriert waren. Ich sagte unterkühlt: »Aber sicher, die Kleinen dürfen immer ans Fenster.«

Dann wollte ich einen Sitz weiter rutschen. Aber das ging nicht. Wenn ich versuchte aufzustehen, wurde ich unsanft wieder zurückgerissen.

»Wie wär's mit Abschnallen?«, schlug der Typ vor.

»Für jemand, der im nassen Pulli rumsteht, weil er nicht in der Lage ist, unfallfrei eine Cola zu trinken, spielst du dich ganz schön auf.«

Das saß. Jetzt wirkte er schon nicht mehr so cool.

Er schüttelte den Kopf: »Was hast du eigentlich für ein Problem?!«

Ich hab Liebeskummer, du Schnarchnase!

Ich schnallte mich ab und ließ ihn durch.

Die Stewardess tauchte mit einer älteren Dame auf und meinte, ich säße wohl auf dem falschen Platz. »Welche Platznummer hast du denn? Gib mir doch mal den Abschnitt deiner Bordkarte.«

Mist mal drei. Hatte ich nicht mehr. Ich tat so, als durchwühlte ich verzweifelt meinen Rucksack. Fand nix. Natürlich nicht.

Die Stewardess half mir beim Suchen und entdeckte auf dem Boden unter meinem Sitz die Bordkarte mit meiner Sitznummer.

»Du sitzt auf dem falschen Platz.«

Ja, ja, schon gut. Muss sie ja nicht gleich so laut rausposaunen.

»Komm mit, ich bringe dich zu deinem Sitz.«

Klasse Abgang, erste Sahne. Mister Cola feixte natürlich.

Fünf Minuten später

»Na, hat dir dein Platz etwa nicht gefallen?«, fragte mein neuer Sitznachbar. Es war der ältere Mann, der mit Mister Cola gemeinsam eingestiegen war.

»Es war zu windig da vorne.«

Er lachte. »Hat der Pilot das Schiebedach aufgemacht?«

He, der war ja echt nett. Er bot mir sogar seinen Fensterplatz an. Sehr freundlich. Vielen Dank.

Nach einer Weile beugte er sich zu mir rüber und deutete auf mein Tagebuch.

»Schreibst du Tagebuch?«

Wie peinlich. »Nee. Ich mach Hausaufgaben.«

»In den Ferien?«

Ich nickte. »Ich bin sehr schlecht in der Schule.«

»Glaube ich nicht.«

»Stimmt auch nicht.«

Er lachte. Kleine Pause. Dann fing er wieder an. »Ich finde Tagebuchschreiben prima.«

»Ich schreibe aber kein Tagebuch.«

»Ich weiß.«

Dann kam die Stewardess. »Klappst du bitte deinen Tisch hoch, wir starten gleich.« Gerade wollte sie gehen, da fiel ihr Blick auf mein Buch und sie lächelte selig. »Oh, ein Tagebuch. Hatte ich früher auch.«

Der Typ neben mir schaute die Stewardess tadelnd an. »Das ist kein Tagebuch.«

Ich wusste nicht genau, ob ich mich ärgern oder freuen sollte.

Na, jedenfalls ist jetzt erst mal Sense mit schreiben. Ich muss den Tisch hochklappen. Wir starten endlich. Wobei ich ehrlich gesagt nicht verstehe, wieso es sich mit hochgeklapptem Tisch besser starten lässt.

Vier Stunden später

Katastrophe. Echt.

Es fing ganz harmlos an. Mein Sitznachbar stellte sich höflich vor: »Mein Name ist übrigens Werner Müller-Birkenschuh. Und wie heißt du?«

»Josefine Sonntag.«

»Josefine. Aha.«

»Aber alle nennen mich Jojo.«

»Klingt nett.«

Müller-Birkenschuh war ganz okay. Er erklärte mir alles Mögliche. Flugtechnisch gesehen und so.

»Fliegen Sie auch nach Paris?«, wollte ich wissen. Blöde Frage. Natürlich fliegen alle nach Paris. Wir sitzen hier ja nicht im Stadtbus.

Er lachte und meinte: »Nein, nach Dallas.«

»Aha.« Doch wie im Stadtbus.

Müller-Birkenschuh guckte mich an. »Du fliegst also nach Paris?«

»Allerdings«, erwiderte ich, kramte mein französisches Wörterbuch raus und begann darin zu lesen.

»Ich fliege alle drei Monate nach Dallas. Hab dort geschäftlich zu tun. Diesmal will ich danach ein paar Tage ausspannen. Mit meinem Sohn. Amerika ist ein tolles Land«, plauderte er weiter.

»Amerika finde ich auch toll. War ich noch nie. Würde ich für mein Leben gern mal hinfliegen. Aber ich muss jetzt nach Paris. Da war ich auch noch nie.«

Er lächelte.

»Wie lange fliegen wir denn?«, fragte ich.

»Etwa zwölf Stunden!«

Wow. Wie denn das?

»Wenn wir Grönland überfliegen, kannst du Eisberge sehen. Schau mal raus.«

Grönland? Wieso Grönland? Ich guckte raus.

Und mir wurde plötzlich ganz schlecht: Eisberge unter uns. In ganz Frankreich gibt es keine Eisberge. Das weiß ich genau.

Da wurde mir schlagartig klar: Ich sitze im falschen Flieger.

Das ist kein Witz. Wenn Grönland unter einem liegt, hat man Frankreich mitsamt Paris längst hinter sich gelassen.

»Wohin geht der Flug?«

»Nach Dallas.«

»Sind Sie sicher?«

»Ganz sicher.«

»Dann sitze ich im falschen Flieger.«

Birkenschuh sog tief Luft durch die Nase ein. »Das hab ich ja noch nie erlebt. Wie kann denn so was passieren?«

Eigentlich wollte ich ihm sagen, dass für unsere Familie so was völlig normal ist. Aber ich brachte vor Schreck erst mal keinen Ton mehr über die Lippen.

Eine Stunde später

Ich will nach Paris. Alles war doch so geplant. Was soll ich denn alleine in Dallas? Irgendwas musste geschehen.

Irgendjemand musste mich retten!

Ich brauchte ein Wunder. Oder Zauberei.

Jaaa! Das war es! Flippi!

Ich wandte mich an Birkenschuh. »Gibt's hier irgendwo ein Telefon?«

Er schüttelte den Kopf.

»Kein Telefon?«

»Kein Telefon!«, bestätigte er.

»Ich muss aber ganz, ganz dringend mit meiner Schwester Flippi reden!«

»Du kannst sie anrufen, wenn wir in Dallas gelandet sind.«

Ich schüttelte den Kopf. »Es muss sofort sein.«

»In Dallas rufen wir beim deutschen Konsulat an, die kümmern sich dann darum, dass du nach Hause zurückkommst«, schlug er vor, um mich zu beruhigen.

»Den Aufwand können wir uns sparen, wenn ich meiner Schwester jetzt sofort sagen kann, dass ich im falschen Flieger sitze.«

Birkenschuh runzelte die Stirn. »Aha? Und das wird helfen?«

»Ja, sie wird die Reiseroute des Flugzeugs ändern. Ich muss nach Frankreich.«

Jetzt war er wirklich interessiert. »Und wie will deine Schwester dieses Flugzeug dazu bringen, nach Frankreich zu fliegen?«

»Mit Zaubern. Meine Schwester ist eine Hexe.«

Er lehnte sich wieder zurück und lachte. »Ja, das kommt vor.«

Irgendwie hatte ich das Gefühl, dass er mich nicht ernst nahm.

Dabei ist Flippi wirklich eine Hexe und kann zaubern. Und das hat sie mir zu verdanken. Bis vor Kurzem war ich nämlich eine Hexe. Allerdings nicht besonders lange. Es fing damit an, dass ich in einer Mülltonne einen kleinen Plüschbären fand. Einen Zauberbären, mit dem man sich jeden Wunsch erfüllen kann. Der Bär wirkt allerdings nur bei Mädchen, die noch ungeküsst sind. Ich war ungeküsst. Und wie. Also konnte ich zaubern, was das Zeug hielt. Das war super. Bis ich mich plötzlich in Justus verliebte. Ich war so arg in Justus verliebt, dass ich ihn lieber küssen wollte, als eine Hexe zu bleiben. Und tatsächlich: Nach meinem ersten Kuss verschwand die Zauberkraft. Also hab ich den Bären Flippi geschenkt. Hoffe bloß, das war kein Fehler!

Flippi ist nämlich nicht gerade ein Naturtalent im Zaubern. Bestes Beispiel dafür ist die Sache mit der Waschmaschine.

Flippi hatte meiner Mutter angeboten, sich um die Wäsche zu kümmern. Meine Mutter war hocherfreut, dass Flippi endlich mal Interesse für den Haushalt aufbrachte, und erklärte ihr ausführlich, wie die Waschmaschine funktionierte.

Später sah ich, wie Flippi vor der Waschmaschine und einem Berg schmutziger Wäsche stand und ihren Zauberbären so doll drückte, dass ihm fast die Knopfaugen aus dem Kopf fielen.

Ich fragte sie, was sie da tue, und sie meinte: »Ich zaubere die Wäsche sauber.«

Ich hob ein Hemd hoch. Es war noch schmutzig. »Klappt aber nicht«, stellte ich sachlich fest.

Flippi überlegte. Dann stopfte sie die Wäsche in die Waschmaschine. »Vielleicht muss sie ja in der Maschine sein, damit der Zauberbär funktioniert.«

Das kann natürlich sein.

Flippi versuchte es wieder. Drückte den Bären wie verrückt. Aber sooft sie auch nachschaute, die Wäsche blieb schmutzig.

»Vielleicht muss Waschpulver in der Maschine sein«, überlegte sie und holte das Waschpulver.

Ich ging dann in mein Zimmer.

Als ich Flippi ein paar Stunden später fragte, was denn mit der Wäsche sei, strahlte sie und meinte: »Alles paletti.«

Sie führte mich zur Waschmaschine. Die Maschine lief.

»Wie hast du das hingekriegt?«, wollte ich wissen.

»Reine Konzentrationssache«, antwortete Flippi leichthin. »Ich hab die Maschine angestellt und mir ganz fest gewünscht, dass die Wäsche sauber wird. Und schwups! hat es geklappt. Zauberei ist wirklich ein Kinderspiel.«

Das spricht für sich.

Plötzlich ertönte eine Stimme aus dem Lautsprecher. Der Pilot erklärte uns die weitere Flugroute.

Demnach hatte er die feste Absicht, nach Dallas zu fliegen.

Verflixt, was mach ich bloß?!

»Nimm's nicht so schwer. Wir kriegen das in Dallas schon hin mit deinem Rückflug.« Birkenschuh tätschelte mir den Arm.

Ich musste wohl laut geseufzt und einen sehr niedergeschlagenen Eindruck gemacht haben, denn Birkenschuh versuchte angestrengt, mich aufzumuntern. Er fing an, mir Geschichten von seinem Sohn Lukas zu erzählen, der auch ständig in Schwierigkeiten stecken würde.

Ich fand das ja alles ganz lieb und nett, aber was interessiert mich sein kleiner Sohn?

Zwei Stunden später

Birkenschuh war gerade mitten in einer Geschichte über seinen Liebling Lukas, da hielt er plötzlich inne und schaute mich an. »Heulst du?«

Klar heulte ich: Mit Liebeskummer im falschen Flugzeug – das war zu viel. Justus, ach Justus, alles ist so furchtbar. Wenn Justus doch hier wäre.

Ich schüttelte den Kopf. Wischte mir die Tränen weg und versuchte, strahlend zu lächeln. Na ja, so strahlend, wie man eben mit Liebeskummer im falschen Flugzeug lächeln kann.

Birkenschuh meinte: »Weißt du was, ich rede mal mit der Stewardess über dein Problem.«

Was will der denn mit der Stewardess über Justus reden? Die kennt ihn doch gar nicht.

»Gib mir mal dein Ticket.«

»Wozu denn das?« Damit konnte er Justus auch nicht herholen.

»Na, um die Sache mit Paris zu klären.«

Ach ja, Paris. Ich gab ihm mein Ticket.

Er zögerte. Dann hatte er eine Idee. »Ich schicke dir jemand vorbei, der dir Gesellschaft leistet, bis ich die Sache mit deinem Ticket geklärt habe.«

Er winkte mir noch einmal zu und rief: »Das kriegen wir alles in den Griff!«

Weg war er. Mein einziger Freund hier im Flugzeug. Schlimmer kann es nicht mehr werden. Dachte ich.

Fünf Minuten später

Doch in meinem Leben kann wohl immer alles noch schlimmer werden.

Ich kramte gerade eine Packung Taschentücher aus meinem Rucksack, da kam mein neuer Nachbar.

»Oh nein!«

Das kam in Stereo. Wir hatten es beide gerufen. Vor mir stand Mister Cola.

Wie kommt Birkenschuh bloß auf die Idee, mir ausgerechnet diese Schnarchnase vorbeizuschicken?!

Der Typ starrte mich entsetzt an. »Mein Vater hat wirklich die schrägsten Ideen.«

»Vater?«, echote ich ziemlich begriffsstutzig. Auch das noch. Der kleine Lukas. Mir blieb wirklich nichts erspart. Aber Klein-Lukas hüpfte auch nicht gerade vor Freude in die Höhe.

Um zu retten, was noch zu retten war, sagte ich schnell: »Du willst ans Fenster, ich weiß schon.« Ich ließ ihn durch.

Zu dumm, dass ich vorhin nicht genauer zugehört hatte, als Birkenschuh von seinem Liebling geschwärmt hatte. Dann hätte ich jetzt mit ihm ins Gespräch kommen können.

Aber ich konnte doch nicht ahnen, dass es sich bei Klein-Lukas um Mister Cola handelte.

Im Prinzip hatte ich natürlich gar keine Lust, mich mit dieser Torfnase zu unterhalten. Aber es war total unhöflich, neben jemandem zu sitzen und ihn einfach zu ignorieren. Meine Mutter fände es unter Garantie nicht in Ordnung, wenn ich derart schlechte Manieren an den Tag legen würde.

Ausgesprochen missmutig zwängte sich Mister Cola in die Sitzreihe und ließ sich auf meinen Fensterplatz plumpsen. Dann zerrte er die Infobroschüre mit den Instruktionen für Notlandungen hervor und begann sich darin zu vertiefen. Herzlichen Dank. Sehr charmant. Er findet mich also uninteressant. Na bravo. Meine Wirkung auf Jungs ist dahin. Oh Justus!

Mir wurde immer elendiger und liebeskummeriger zumute. Ich glaube, total unglücklich verliebt zu sein, ist noch eine Nummer besser, als ganz normal verliebt zu sein. Und der Gedanke, dass ich derart unglücklich verliebt bin, dass meine Mutter mich sogar ins Ausland schickt, ist doch ziemlich romantisch.

Ich seufzte laut und vernehmlich. Es klang eindeutig nach Liebeskummer.

Der Typ könnte ja mal fragen, was mit mir los ist, dachte ich. Aber nein.

Da sieht man's mal wieder. Keiner kümmert sich mehr um seine Mitmenschen. Die Welt verroht.

Zehn Minuten später

»Du guckst so komisch. Ist dir nicht gut?«

Lukas – das war Lukas' Stimme. Hach, also doch! Er hat Interesse an mir.

»Wie bitte?«

»Dir wird doch jetzt nicht etwa schlecht, oder so?«

»Mir ist nicht schlecht«, blaffte ich ihn an. So ein Holzkopf – kann der nicht Liebeskummer von einem verkorksten Magen unterscheiden?!

»Und warum guckst du so kariert?« Er beugte sich näher zu mir. »Sag mal, heulst du?« Das klang sehr mitfühlend.

So, jetzt konnte ich meine coole Liebeskummer-Nummer bringen. Ich machte den Mund auf und sagte: »Nee, ich hab 'ne Allergie gegen Flugzeuge. Und außerdem sitze ich im falschen Flieger.«

Wieso sag ich so was? Da will ich das Thema auf meinen Liebeskummer bringen, dann kommt meine große Chance und ich rede von Flugzeugen.

»Hey cool, im Ernst?« Lukas war begeistert.

Bevor ich darauf reagieren konnte, beugte sich die Stewardess über uns. »Huhn oder Fisch?«

Ich erschrak. Was meinte sie damit? Musste ich mich jetzt einer Tiergattung zuordnen? Ist das Flugzeugdeutsch? Dass man so was aber auch nicht in der Schule lernt! Huhn oder Fisch? Wie lautete die richtige Antwort?

»Fisch«, kommandierte Lukas knapp.

»Huhn«, sagte ich aus Opposition. Und wartete ängstlich ab, was nun passieren würde. Die Stewardess stellte ein Tablett vor Lukas: Essen. Gott, wie banal.

»Und du sitzt echt im falschen Flieger?!« Lukas war davon offenbar fasziniert. »Wie hast du das denn hingekriegt?«

»Pah, das ist eine meiner leichtesten Übungen!«

»Nee, im Ernst! Los sag doch!«, drängte Lukas.

Ich zuckte die Schultern. »Um ehrlich zu sein, so genau weiß ich das auch noch nicht. Ich wollte nach Frankreich, aber jetzt fliege ich plötzlich nach Amerika.«

Lukas lachte. Irgendwie musste ich auch lachen. Obwohl mir eigentlich nicht nach Lachen zumute war. Aber Lukas' Lachen klang echt total nett. Und wenn er lachte, sah er sogar noch besser aus.

Ich erzählte alles Mögliche. Aber von meinem Liebeskummer und von Justus sagte ich nichts. Irgendwie passte es nicht.

Birkenschuh kam zurück und freute sich, dass ich so gut gelaunt war. »Na, deine Stimmung hat sich ja enorm gebessert. Und ich hab auch eine gute Nachricht für dich. Du fliegst nach Paris.«

»Ach wirklich?!«

Ich hatte Flippi doch gar nichts gesagt.

Er lachte und hielt mir mein Ticket vor die Nase.

»Auf deinem Ticket ist Paris als Endziel angegeben. Du fliegst nach Dallas, dann steigst du um und fliegst weiter nach Paris.«

»Ist das nicht ein bisschen umständlich? Ich meine, hätten die nicht erst nach Paris fliegen können und dann nach Dallas? Wenn ich das gewusst hätte, wäre ich lieber mit dem Zug gefahren.«

Birkenschuh lachte wieder. »Du bist schon 'ne Marke!«

Ich guckte ihn fragend an.

Und er guckte mich fragend an. »Paris liegt in Texas. Das weißt du doch?«

Jetzt war ich an der Reihe zu lachen. »Klar, und Rom liegt in Kentucky.«

Er wurde ernst. »Hast du wirklich geglaubt, du fliegst nach Paris in Frankreich?«

»Paris liegt in Frankreich.«

»Du fliegst nach Texas. In eine Stadt, die Paris heißt.« Birkenschuh wurde langsam etwas ungeduldig, fügte aber freundlich hinzu: »Ich hab Freunde dort. Ich gebe dir die Adresse und die Telefonnummer. Die kannst du anrufen, wenn du Probleme hast.«

Widerwillig nahm ich den Zettel. »Aber da will ich nicht hin. Ich muss nach Paris! Wegen Justus.«

Nur in Frankreich kann ich von meinem Justus-Liebeskummer geheilt werden.

»Wer ist Justus?«, wollte Lukas wissen und nahm einen Schluck Cola.

»Mein Freund«, schluchzte ich.

Lukas rutschte der Becher aus der Hand. Die Cola weichte seinen linken Schuh ein. Er schaute seinen Vater an. »Ich geh jetzt mal wieder auf meinen Platz.«

Sein Vater guckte etwas erstaunt.

Ich hörte auf zu schluchzen. Was war denn mit Lukas auf einmal?

»Jojo, dein Ticket ist eindeutig nach Texas gebucht. Du sitzt nicht im falschen Flieger.« Müller-Birkenschuh erklärte es erneut.

So eine Schmach! Ich konnte Birkenschuh gar nicht mehr zuhören. Ich hatte plötzlich ein ziemlich unangenehmes Gefühl in der Herzgegend. Wieso wollte sich Lukas von mir wegsetzen? Ich stand auf und ließ Lukas vorbei.

»Da muss irgendetwas anderes schiefgelaufen sein.« Birkenschuhs Stimme klang wie von ganz weit weg.

Dabei haben Lukas und ich uns doch echt gut verstanden.

Ich sah wohl aus wie ein begossener Pudel, denn Birkenschuh schob mich wieder auf meinen Platz zurück, setzte sich neben mich und versuchte mich mit fröhlichem Geplapper abzulenken. Ich hätte am liebsten geheult. Justus weg. Lukas weg.

»Alles okay, Jojo?« Birkenschuh schaute mich an.

»Nichts ist okay.«

»Jetzt mach dir mal keine Gedanken wegen Paris …«

Paris? Ach so, Paris. Genau. Vorwurfsvoll sagte ich zu ihm: »Irgendwo in Paris am Flughafen wartet jetzt eine nette Familie auf mich und ich bin unterwegs nach Texas.«

Birkenschuh schüttelte den Kopf. »Aber nein,

das versuche ich dir doch schon die ganze Zeit zu erklären. Mit deinem Ticket ist alles in Ordnung. Es ist von einem Reisebüro gebucht worden. Und die müssen ja wissen, wo sie die Leute hinschicken. Kann es denn nicht vielleicht sein, dass ihr da etwas verwechselt habt?«

»Nee, niemals.«

»Vielleicht hat deine Mutter nicht richtig zugehört, als euch ein Sprachaufenthalt in Paris in Texas angeboten wurde. Vielleicht dachte sie, Paris läge in Frankreich.«

»Liegt es ja auch.« Da musste ich meine Mutter aber doch in Schutz nehmen.

»Ja, sicher. Deine Mutter hat bestimmt keine Schuld daran.«

Na, da war er aber auf dem Holzweg. »Oh doch. Unter Garantie hat sie das verbockt.«

Birkenschuh atmete tief ein. »Na, aber zumindest hat sich nun geklärt, dass du nicht mutterseelenallein auf dem Flughafen sitzen wirst. Deine Gastfamilie wartet sicher schon ganz gespannt auf dich. In Paris, Texas«, fügte er noch schnell hinzu, bevor ich wieder etwas sagen konnte.

Das hoffe ich. Das Leben hat einiges gutzumachen an mir!

Fünf Stunden später

Der längste Sonntag meines Lebens.

Immer noch im Flugzeug.

Der komische Lukas hat sich nicht mehr blicken lassen. Schade.

Paris, Texas. Amiland. Wie soll ich denn da leiden? Ich will meinen Weltschmerz auskosten. Alles muss traurig, romantisch und sentimental sein. Paris, Frankreich, wäre genau richtig gewesen. Aber Amerika? Das kann nur schiefgehen. Amerika ist ein cooles Land. Alles ist hip, lässig, easy going. Liebeskummer ist dort womöglich völlig unbekannt.

Schöne Pleite. Wahrscheinlich ist Michelle so ein gut gelauntes, fröhliches Herzchen, das alles immer nur wunderbar findet.

Michelle ist die Tochter der Familie, bei der ich wohnen werde.

Also, da kann ich meiner Mutter ja keinen großen Vorwurf machen, »Michelle« klingt wirklich französisch. Kein Wunder, dass sie glaubte, Paris läge in Frankreich.

Michelle ist achtzehn. Klasse. Endlich bin ich mal unter Erwachsenen. Und weit und breit keine Flippi. Das ist das Beste an dem ganzen Trip.

Anschnallen zur Landung in Dallas. Dann geht's weiter nach Paris. Texas.

Eine Stunde später

Dieser Tag geht nie vorbei. Die fangen den Sonntag wieder von vorne an, die Amis. Zeitlich sind die nämlich im Hintertreffen. Und ich weiß auch wieso: Amerika wurde erst später entdeckt. 1492, nebenbei bemerkt.

Ich kann mich immer noch nicht an den Gedanken gewöhnen, dass ich für die nächsten vier Wochen im Mickymaus-Land sein soll, statt im Land der Liebe und der Leidenschaft. Und der Romantik und des Eiffelturms. Auf den hatte ich mich echt gefreut.

In Dallas angekommen, brachte mich Birkenschuh zum Abflugschalter nach Paris, damit ich nicht verloren ging.

Lukas trabte mit Leichenbittermiene nebenher. Wieso der schlechte Laune hatte, war mir ein Rätsel. Mein Leben war voll die Panne, bei ihm lief doch alles nach Plan. Launischer Typ. Ich wollte ihn aufmuntern. »Tut mir leid wegen der Cola.«

»Vergiss es.«

Das klang nicht besonders freundlich, eher unterkühlt. Aber er redete wenigstens wieder mit mir.

Ich sagte aufgekratzt: »Also dann …«

Da unterbrach mich Lukas.

»Man sieht sich!«

Man sieht sich? Na gut, das kann ich auch: »Man sieht sich.«

Birkenschuh grinste mit einem Mal ziemlich breit.

»Tschüs, Jojo, und viel Glück mit deinem nächsten Flieger.«

»Danke«, stotterte ich. War's das jetzt? Ich starrte die beiden an.

Lukas drehte sich um und zog davon. Dann beugte sich Birkenschuh zu mir vor und flüsterte: »Lukas findet dich toll.«

»Im Ernst?!«

Birkenschuh nickte und verabschiedete sich.

Eine Sekunde lang war ich total happy.

Dann war ich total down.

Lukas findet mich toll. Ich ihn auch. Und was passiert? Das Schicksal trennt uns wieder. Genau wie bei Justus. Und ich hab noch nicht mal Lukas' Adresse. Ich werde ihn nie wieder sehen. Jetzt habe ich Liebeskummer im Doppelpack. Wahnsinn!

Das hat meine Mutter ja prima hingekriegt.

Apropos Mutter. Ich hatte meine Mutter von Dallas aus angerufen, um mich über ihre Schusseligkeit zu beschweren. Aber sie war gar nicht überrascht, sondern behauptete steif und fest, sie hätte gewusst, dass ich nach Texas fliege. Und hätte angeblich auch mit mir darüber gesprochen. Aber ich mit meinem liebeskranken Hirn hätte ihr wohl offensichtlich mal wieder nicht zugehört. Pah, sie redet sich nur raus. Wieso schickt sie mich nach Amerika? In Englisch hatte ich doch immer 'ne Eins. In Französisch hapert's bei mir!

Zwei Stunden später

Auf dem kleinen Mini-Flughafen von Paris, Texas, war von meiner Gastfamilie weit und breit keine Spur. Kein roter Teppich, keine Luftballons und kein Schild mit der Aufschrift: »Herzlich willkommen in Paris, Jojo.«

Im Ankunftsbereich stand ein etwa achtzehnjähriges Mädchen, das die aussteigenden Passagiere suchend anschaute. Die sah total nett aus. Das musste Michelle sein.

Also ging ich auf sie zu. Ich stand gerade vor ihr, da schob mich ein junger Mann zur Seite und fiel Michelle um den Hals.

»He«, sagte ich zu dem Typen, »drängel dich nicht vor, ich war zuerst da.« Dann wandte ich mich freundlich an Michelle: »Hallo. Ich bin Jojo aus Deutschland.«

Michelle lächelte und sagte: »Hallo, das ist aber nett.«

Der Typ nahm seinen Koffer in die eine und Michelle an die andere Hand und drängte: »Lass uns gehen, Cindy.«

Michelle winkte mir noch mal zu und wünschte mir einen schönen Tag.

Ich war völlig von den Socken. Was hatte denn das zu bedeuten? Nach ein paar Sekunden dämmerte es mir: Es hatte zu bedeuten, dass das gar nicht Michelle war.

Aber wer auch immer das war – sie hat's gut. Sie ist mit ihrem Liebsten zusammen. Ich nicht.

Wie kommt es eigentlich, dass man überall nur glückliche Pärchen sieht, wenn man Liebeskummer hat?

Jeder ist glücklich verliebt, bloß ich nicht. Und jeder ist da, wo er hingehört, bloß ich nicht. Und meine Mutter ist schuld. An allem.

Ich stand da, guckte, wartete und nichts passierte.

Als dann sämtliche Passagiere schon längst über alle Berge waren, setzte ich mich erst mal auf meinen Rucksack.

Zweifacher Liebeskummer und allein in einem fremden Land.

Schlimmer geht's nicht.

Doch, es ging noch schlimmer. Wie lautet eigentlich die Steigerung von Katastrophe?

Ich suchte gerade nach Taschentüchern, da kam ein kleines Mädchen auf mich zu. Marke Flippi. Mit Cowboystiefeln und Cowboyhut, etwa zehn Jahre alt und voll die coole Nummer.

»Bist du Josefine?«, fragte sie mich.

Ich sagte, mein Name wäre Jojo und ob sie die kleine Schwester von Michelle sei.

Daraufhin meinte die Kröte: »Ich bin Michelle. Aber den Namen kann ich nicht leiden. Ich werde Shelly genannt.« Und daran sollte ich mich bitte auch halten.

Das hätte mich fast umgehauen. Gut, dass ich noch auf meinem Rucksack saß. Die Taschentücher packte ich erst mal wieder weg. Shelly (sie hatte es Schelli ausgesprochen) war maximal zehn. Hier stimmte was nicht.

»Das kann nur ein Missverständnis sein. Ich warte auf eine Achtzehnjährige«, beschwerte ich mich.

»Wie kommst du denn darauf?«

»So stand's in den Unterlagen!«

»Glaubst du alles, was du liest?«, fragte sie tadelnd.

Ich starrte sie begriffsstutzig an.

»Ich hab mein Alter etwas frisiert, als ich den Antrag ausgefüllt habe«, erklärte sie.

»Du hast den ausgefüllt?«, wunderte ich mich. »Was sagen denn deine Eltern dazu?«

»Nichts.«

»Nichts?«

»Ja. Nichts. Die wissen nichts davon.«

»Was? Die wissen nichts davon? Und wie stellst du dir das vor? Soll ich als blinder Passagier bei euch wohnen?«

»Zerbrech dir nicht den Kopf. Das ist kein Problem.«

Die Kleine hatte vielleicht Nerven.

Sie griff nach meinem Rucksack, zerrte daran und schleifte ihn hinter sich her. Ich wollte ihn selbst tragen, aber sie meinte: »Lass nur. Ich weiß, was sich gehört.«

Okay.

»Abgesehen davon müssen wir uns beeilen. Die Parkuhr läuft gleich ab.«

»Die Parkuhr? Fährst du etwa schon Auto?«, fragte ich entsetzt.

Sie verdrehte die Augen und schüttelte den Kopf. »Du bist wohl total übergeschnappt. Ich bin doch noch viel zu jung!«

Ich war ziemlich erleichtert. »Und wie bist du hierhergekommen?«

»Mit Gironimo.«

Aha. Dann ist ja gut. Dachte ich.

Aber als wir zum Parkplatz kamen, fiel ich fast in Ohnmacht.

Dort stand ein Pferd. An einer Parkuhr angebunden.

»Das ist Gironimo. Gironimo ist ein ›Quarter Horse‹«, sagte Shelly stolz und versuchte meinen Rucksack hochzuhieven.

Ein Pferd! Ich musste mich vor Schreck kurz an der Parkuhr festhalten.

Nachdem ihr mein Rucksack zweimal auf den Fuß geknallt war, hielt Shelly ihn mir hin. »Nimm du ihn.«

Und so kam ich nach Paris. Auf einem Pferd. Hinter einer zehnjährigen Kröte sitzend. Mit meinem Rucksack auf dem Rücken.

Montag, 2. August

Mitten in der Nacht bin ich hellwach. Das muss die Zeitverschiebung sein. Ich finde es völlig überflüssig, dass es Zeitverschiebungen gibt. Wozu soll denn bitte die Zeit verschoben werden? Von mir aus kann die Uhrzeit überall gleich sein.

War gestern Abend zu erschöpft, um weiterzuschreiben. War nämlich eine echte Odyssee.

Paris ist öde hoch drei. Das ist die kleinste Kleinstadt, die man sich nur vorstellen kann. Hier ist der

Hund begraben. Hier sagen sich Fuchs und Hase Gute Nacht.

Zwei Autos überholten uns, als wir in die Stadt kamen. Ein Hund gähnte in der Sonne. Dann kam Bewegung in die Szene: Eine ältere Dame überquerte die Straße und unterhielt sich auf der anderen Seite mit einer Mutter mit Kinderwagen. Ein Eisverkäufer rollte mit seinem Eiswagen auf dem Bürgersteig entlang. Shelly grüßte alle freundlich und alle winkten nett zurück. Außer dem Hund natürlich. Als ob es vollkommen normal wäre, erstens mit einem Pferd durch das Städtchen zu reiten und zweitens einen Passagier mit Rucksack hinter sich auf dem Pferd zu haben. Das ist Paris.

Shelly meinte: »Ich hoffe, du bekommst keinen falschen Eindruck von Paris. Normalerweise ist es hier anders.«

Ich nickte beruhigt.

»Heute ist ziemlich viel los«, führte Shelly weiter aus.

Wie bitte?! Na klasse, da ist ja in meinem Zimmer mehr los. Da steppt der Bär im Vergleich hierzu.

»Hier wohnst du also?«

»Aber nein. Wir wohnen ruhiger. Etwas außerhalb der hektischen Stadt.«

Wow, hektische Stadt. Ich glaub's nicht.

Shelly gab Gironimo die Sporen, wir verließen die »hektische« Stadt und hoppelten durch die Landschaft.

An einer Ranch machte Shelly Halt. Nichts als Ställe, Pferde und kleine Blockhütten. Die Pferde waren gut in Schuss, aber alles andere sah etwas heruntergekommen aus. Ein Cowboy nagelte an der Veranda vor dem Haupthaus herum.

»Hier wohnst du?«

»Würd ich für mein Leben gern. Aber meine Eltern erlauben es nicht. Jim wird uns nach Hause fahren.«

Shelly sprang vom Pferd und rief dem Cowboy zu, ob Jim da wäre.

»Nope«, sagte der. Das hieß wohl Nein, denn Shelly machte ein ärgerliches Gesicht.

»Kannst du uns zur Kirche fahren?«

Zur Kirche? Wieso zur Kirche?

»Yep«, sagte der Typ.

Ich dachte, er hat Schluckauf, und wollte ihm schon anbieten, dass ich ihn tüchtig erschrecken könnte. Davon geht Schluckauf nämlich weg.

Aber »Yep« bedeutet wohl »Ja«, denn kurz darauf fuhr uns der Cowboy mit einem alten Jeep zur Kirche.

»Bis morgen, Cyrill!«, rief Shelly.

Der Kerl sagte wieder »Yep« und fuhr davon. Also, ich kann mir nicht helfen, das klingt einfach nach Schluckauf.

Vor der Kirche guckte Shelly sich kurz um und sagte zu mir: »Rühr dich nicht vom Fleck.« Und schon war sie in einem Schuppen nebenan verschwunden. Keine Ahnung, was das wieder zu bedeuten hatte.

Während ich wartete, kam eine ältere Dame aus der Kirche, sah mich und grüßte mich freundlich.

Ob das Shellys Mutter war?

Ich stellte mich höflich vor: »Guten Tag, mein Name ist Jojo. Ich komme aus Deutschland.«

»Das ist aber nett.« Mehr sagte sie nicht.

Ich begann ein bisschen zu plaudern. »Ihre Tochter kommt bestimmt bald wieder.«

Die Dame guckte mich irritiert an. »Ich habe keine Tochter.«

Ich hatte vollstes Verständnis. Eine Tochter wie Shelly würde ich auch verleugnen. Ich nickte, zwinkerte ihr zu und meinte: »Verstehe.«

In dem Moment kam ein kleines Mädchen um die Ecke. In einem weißen Rüschenkleid, mit Schleife im Haar. Also so 'ne Brave-Tochter-aus-gutem-Hause-Nummer. Artig sagte sie: »Hi, Mrs Johnson«, zupfte mich am Ärmel und meinte: »Los komm, Rosita wartet schon.«

Erst als die Dame »Hi, Shelly« sagte, erkannte ich Shelly.

»Wie siehst du denn aus?«

»Was denn, noch nie ein ordentlich angezogenes Mädchen gesehen?«

Shelly schleppte mich zu einem dunkelblauen Amischlitten mit getönten Scheiben, der hinter der Kirche stand und ungeduldig hupte.

Ich deutete auf Mrs Johnson. »Ich dachte, das wäre deine Mutter?«

»Mrs Johnson? Du spinnst ja wohl.«

Aus dem Auto stieg eine mexikanisch aussehende junge Frau. Das musste wohl Rosita sein. Ungeduldig rief sie: »Beeil dich, Shelly, in zehn Minuten fängt meine Nachmittags-Talkshow an.« Dann deutete sie auf mich: »Und wer ist das? Nehmen wir sie mit?«

»Ich bin Jojo aus Deutschland. Vielen Dank, dass ich bei Ihnen wohnen darf.«

Rosita zuckte die Schultern. »Steig ein, ich hab's eilig.«

Rosita ist Shellys Kindermädchen. Aber sie hat nie Zeit für Shelly. Den ganzen Tag sitzt sie vor dem Fernseher und verschlingt außer einem Berg Schokoriegel und Donuts auch jede Menge Seifenopern und Talkshows.

»Deshalb hab ich den Antrag für einen Feriengast ausgefüllt«, erklärte Shelly. »Weil ich endlich mal jemand haben wollte, mit dem ich was unternehmen kann.«

Na klasse. Und wen trifft es?

Mich!

Vier Stunden später

Es ist immer noch total früh, ich kann nicht mehr schlafen.

Mein Magen jedenfalls sagt mir, dass Frühstückszeit ist. Er knurrt so laut, dass davon draußen schon die Eichhörnchen aufwachen.

Shelly wohnt in einem Palast. Ein Haus wie im Kino, wie bei »Vom Winde verweht«.

Das müsste Justus sehen, dachte ich gestern wehleidig, als ich aus dem Auto stieg. Da brauste ein kleiner Sportwagen an uns vorbei und kam schlitternd auf dem Kiesweg vor dem Haus zum Stehen. Heraus sprang eine Dame. Sie trug dasselbe rüschige Kleid wie Shelly. Und sie hatte ebenfalls eine Schleife im Haar.

»Und keinen Ton zu meinen Eltern wegen Gironimo und der Ranch«, flüsterte Shelly mir schnell zu.

»Ach ja? Ich rieche zehn Meilen gegen den Wind nach Pferd.«

Shelly ignorierte meinen Einwand. »Meine Eltern mögen keine Pferde und sie hassen es, wenn ich in Cowboyklamotten rumlaufe.«

»Und wieso tust du es dann heimlich?«

»Weil sie es nicht erlauben.«

Guter Grund. Das sah ich ein.

Die Dame breitete dramatisch die Arme aus und drückte Shelly an sich.

Das musste sie sein: Shellys Mutter. Das war eine typische Mutter-Nummer. Mütter haben nichts anderes im Sinn, als ständig ihre Kinder zu umarmen und zu küssen. Und dann kam es auch schon.

»Hallo, mein Honigschätzchen!«, rief sie und küsste Shelly, so als habe sie sie vier Wochen lang nicht gesehen. »Schön siehst du aus!« Und sie zupfte Shellys Schleife zurecht.

Jawohl, das ist eine Mutter. Ich erkenne eine Mutter, wenn ich eine sehe!

»Hattest du einen netten Tag?«

Shelly brummte nur.

Dann sah sie mich. Und wandte sich wieder an Shelly. »Hast du eine Freundin mitgebracht? Das ist fein.«

Shelly meinte ganz nebenbei: »Sie wohnt für vier Wochen bei uns.«

»Wie schön.« Shellys Mutter kam auf mich zu. »Woher kennt ihr beide euch?«

Bevor ich was sagen konnte, rief Shelly schnell: »Jojo kennt Mrs Johnson.«

»Ach, die gute alte Mrs Johnson.«

Ich war völlig von den Socken. Das war wirklich beeindruckend. Shelly beherrscht die hohe Kunst des Lügens, ohne die Unwahrheit zu sagen. Sie überlässt es ihrer Mutter, die falschen Schlüsse zu ziehen. Wow. Das muss ich mir merken. Das nehme ich in meine Trickkiste auf.

»Hallo, Zuckerschnäuzchen, willkommen bei

uns.« Und schon folgte eine Umarmung. Schmatz!, hatte ich einen Kuss auf der Backe. Mütter!

Doch sie drückte mich nur ganz kurz an sich, dann rümpfte sie die Nase. Sie versuchte, es sehr vornehm aussehen zu lassen, und meinte: »Warum nimmst du nicht erst mal ein Bad, Zuckerschnäuzchen?« Und Shelly flüsterte sie zu: »Dieses Mädchen stinkt nach Pferd. Kannst du dir nicht Freundinnen aussuchen, die besser riechen?«

»Sie kommt aus Deutschland«, sagte Shelly, ganz so, als sei das eine plausible Erklärung für Pferdegeruch.

»Ach so.« Damit schien das Thema erledigt. Wie peinlich! Auch für Deutschland.

»Was hast du zum Abendessen gemacht?«, fragte Shelly.

»Eine Reservierung«, lachte ihre Mutter.

Ich verstand den Witz nicht.

Shelly fragte: »Wo?«

»Bei deinem Lieblings-Mexikaner.«

»Ich hasse mexikanisches Essen. Dad isst gerne mexikanisch.«

»Oh, hab ich das schon wieder verwechselt? Tut mir leid, Honigschatz. Was war es noch mal, was du gerne isst?«

»Pizza.«

»Okey-dokey, dann reservier ich uns einen Tisch beim Italiener.« Sie wandte sich an mich. »Hast du schon mal Pizza gegessen, Zuckerschnäuzchen?«

»Nur wenn meine Mutter kocht«, stöhnte ich. Immer wenn meine Mutter besonders erschüttert über das Ergebnis ihrer Kochkünste ist, wählt sie den Notruf: Pizza Avanti. Die liefern ins Haus. In zwanzig Minuten.

Aber es beruhigte mich, dass andere Kinder ernährungstechnisch auch nicht besser betreut werden als ich. Obwohl – genau genommen ist es doch echt ungerecht: Meine Mutter kann nicht kochen und mein Liebesleben liegt auch im Argen. Womit hab ich so viel Unglück verdient?! Oh, ich vermisse Justus so sehr. Warum musste ausgerechnet der einzige Junge, der mich cool fand, wegziehen?

Mir ist echt ganz elend. Ob das vom Liebeskummer kommt? Knurrt der Magen bei Liebeskummer? Wohl kaum. Mir ist schlecht vor Hunger.

Mein Magen knurrt Alarm. Wann gibt's endlich Frühstück?

Montag, 2. August, nachmittags

Heute Morgen begrüßte mich Shellys frisch gerüschte Mutter ganz fröhlich. »Du siehst ganz reizend aus, Zuckerschnäuzchen. Und riechst auch viel besser.«

Kein Wunder. Ich hatte in vierzehn Kilo Schaum

gesessen. Mir war nämlich die Flasche mit dem Schaumbad aus der Hand gerutscht. Außerdem hatte ich eins der albernen Rüschenkleider an, die mir Shellys Mutter gestern Abend noch hingelegt hatte. »Das tragen die jungen Damen hier.« Ich traute mich nicht zu widersprechen. Hier sind Rüschen angesagt. Selbst mein Zimmer ist völlig verrüscht. Ich dachte, mich trifft der Schlag, als ich es sah. Rüschenvorhänge, Rüschenkissen, rüschige Bettdecken, selbst die Tapete ist mit aufgemalten Rüschen verziert. Mir war nur vom Hinschauen schon völlig schwindelig.

»Was habt ihr heute vor?«, fragte sie Shelly und mich.

»Och, so dies und das«, war Shellys lapidare Antwort. »Wir wollen zur Kirche.«

Ihre Mutter nickte zufrieden. »Gute Idee, Honigschätzchen.«

Dann fuhr Shellys Mutter »Honigschätzchen« und »Zuckerschnäuzchen« zur Kirche.

Wir winkten Shellys Mutter hinterher, bis der kleine Sportflitzer verschwunden war.

Ich drehte mich um und wollte hineingehen, da hielt mich Shelly zurück.

»Wo willst du denn hin?«, fragte sie verwundert.

»Na, in die Kirche.«

Shelly schüttelte verständnislos den Kopf. »Rühr dich nicht von der Stelle, ich bin gleich wieder zurück.«

Dann kam die wundersame Verwandlung, die mich schon gestern fast umgehauen hatte: Ein braves kleines Mädchen im Sonntagskleid verschwindet im Schuppen und kurz drauf kommt ein abgehalfterter Cowboy im Mini-Format zum Vorschein.

Ein paar Minuten später stoppte der alte Jeep von der Ranch vor der Kirche. Shelly sprang rein, hielt die Tür auf und rief mir zu: »Los, komm schon.«

»Spinnst du?!« So wie ich aussah, würde ich keinen Fuß auf eine Ranch setzen. Voll peinlich in den Rüschen.

»Jetzt komm endlich.« Shelly wurde ungeduldig.

Nie und nimmer geh ich so mit. Auf der Ranch sind womöglich Jungs. Und ich seh alles andere als cool aus.

»Nee, Shelly, nicht in diesem Kleid.«

»Stell dich nicht so an. Ich besorg dir andere Klamotten. Jim hat bestimmt noch was Altes auf der Ranch.«

»Also ehrlich, Shelly! Ich zieh doch keine alten Männersachen an.«

Shelly zuckte die Schultern. »Okey-dokey. Aber ich sag dir, du machst einen Fehler.«

Shelly winkte und das Auto fuhr los.

Nach einem Meter hielt es wieder an. Shelly beugte sich aus dem Fenster. »Bist du sicher, dass du nicht mitkommen willst?«

Ich nickte.

»Dann geh zu Mrs Johnson, sag ihr einen schönen Gruß von mir, sie soll sich um dich kümmern. Ich bin heut Mittag wieder da und hole dich ab.«

Und weg war sie. Auf dem Weg zur Ranch. Und ich stand mutterseelenallein vor der Kirche.

Da fiel mir mein Problem wieder ein: Liebeskummer. Justus. Ach, wenn Justus jetzt hier wäre. Oder Lukas. Ich seufzte. Aber es half nichts. Es war noch nicht einmal jemand da, den ich hätte anjammern können.

In dem Moment kam Mrs Johnson aus der Kirche. Die gute alte Mrs Johnson. »Hallo, Schätzchen!«, rief sie mir freundlich zu.

Sie sollte mein Opfer werden. Sie musste sich jetzt meine Liebeskummer-Arie anhören.

Aber ich durfte nicht gleich mit der Tür ins Haus fallen. Am besten war natürlich, wenn Mrs Johnson mich danach fragen würde.

So eine Liebeskummer-Nummer ist gar nicht so leicht. Das will gelernt sein. Man kann ja nicht einfach sagen: »Ich hab Liebeskummer.« Man muss die Leute dazu bringen, einen auszufragen.

Das geht so: Man stiert gedankenverloren vor sich hin. Wenn keiner was sagt, schnieft man ein wenig. Dann, wenn man Glück hat, fragt jemand, was man denn habe. Man schluckt tapfer und sagt: »Gar nichts.«

Wenn niemand mehr weiter nachfragt, seufzt man laut und leidend vor sich hin.

Erkundigt sich daraufhin wieder jemand, was los sei, sagt man mit ersterbender Stimme: »Ich kann nicht darüber reden.«

Dumm ist, wenn die Leute verständnisvoll nicken und sagen: »Okay.« Dann muss man selbst wieder aktiv werden. »Es würde dich auch bestimmt nicht interessieren«, kann man sagen, um wieder das Interesse der anderen zu wecken.

Und normalerweise sagt daraufhin jeder: »Aber sicher. Doch. Sprich dich nur aus.«

Dann hat man freie Bahn und kann loslegen.

Aber bei Mrs Johnson klappte diese Taktik einfach nicht.

Ich schniefte und seufzte. Sie sagte nichts. Sie fragte auch nichts.

Mir blieb keine andere Wahl, als den direkten Weg zu gehen: »Ich habe Liebeskummer.«

»Och, du armes Kind.«

Und im Nu hatte ich die herzzerreißende Liebesgeschichte von Justus und mir erzählt.

Als ich fertig war, meinte sie: »Ach, Kindchen, mach dir keine Sorgen, du findest schon einen anderen. Du bist ja noch so jung. Liebeskummer lohnt sich nicht.«

So ein dummer Satz.

Lukas fiel mir wieder ein. Was Mrs Johnson wohl dazu sagen würde?

Erst mal gar nichts. Dann lächelte sie und meinte: »Ja, ja, die Jugend …«

Sie kapierte einfach nicht, worum es ging: Ich werde Lukas nie mehr wieder sehen. Und das jetzt, wo ich weiß, dass er mich toll findet und in mich verliebt ist. Und ich eventuell auch in ihn verliebt bin. Mir kamen wirklich die Tränen. »Ich werde ihn wahrscheinlich nie wieder sehen!«, schluchzte ich.

Aber sie nahm meinen Kummer einfach nicht ernst. Nicht die Bohne. »Ach, woher denn. Man trifft sich immer zweimal im Leben.«

»Wer sagt das?« Die Stimme kam mir irgendwie bekannt vor. Shelly stand plötzlich hinter uns.

Ich wischte mir schnell die Tränen weg. »Was machst du denn schon hier?«

»Ich wollte wissen, wie es dir geht.« Sie begutachtete mich kritisch und sagte leise: »Mrs Johnson ist kein Umgang für dich!«

Shelly musste es ja wissen. Aber da Mrs Johnson als Liebeskummer-Beraterin wirklich nicht besonders viel taugte, verabschiedete ich mich erst mal. Shelly schlug vor, einen Stadtbummel zu machen. »Stadtbummel« – sehr komisch –, wenn man ’ne Spur zu flott geht, ist man schon wieder aus der Stadt raus, ohne was gesehen zu haben. Aber was soll’s. Ich hatte ja keine andere Wahl.

Mrs Johnson lief hinter uns her und tippte mir auf die Schulter. »Noch ein kleiner Ratschlag«, flüsterte sie und deutete auf mein Rüschenkleid, »vielleicht solltest du mal was Moderneres anziehen.«

Wie wahr, wie wahr.

»Danke, Mrs Johnson, bis bald. Bye!«

Shelly schaute Mrs Johnson nach und fragte: »Was hat sie eigentlich gemeint mit ›Man trifft sich immer zweimal im Leben‹?«

»Ach, nichts.« Mein Liebeskummer war nichts für kleine Kinder.

Keine Menschenseele weit und breit, die ich anjammern konnte!

Als wir wieder zu Hause waren, fiel mir plötzlich Birkenschuh ein. Hatte der mir nicht einen Zettel mit der Adresse von Freunden gegeben? Für den Notfall.

Ich war eindeutig ein Notfall.

Aber wo war der Zettel?

Nach stundenlangem Suchen hatte ich ihn endlich gefunden. Als ich die Adresse mühevoll entziffert hatte, stand ich kurz vorm Nervenzusammenbruch. Die Adresse kam mir irgendwie bekannt vor. Sehr bekannt: Es war Shellys Adresse!

Das darf doch nicht wahr sein! So viel Pech gibt's gar nicht!

Montag, 2. August, abends

Die größte Blamage meines Lebens. Ich bin ruiniert.

Rosita rief zum Abendessen. Als ich die Treppe runterging, kam mir Shellys Mutter entgegen. Mit einem kritischen Blick überprüfte sie meine Kleidung und schickte mich wieder in mein Zimmer zurück, weil ich keins ihrer Rüschenkleider trug. »Zuckerschnäuzchen, mach dich schön. Wir haben Besuch.«

Besuch. Auch das noch. Ich wollte essen, zurück in mein Zimmer, etwas leiden und mich zwischen den Rüschenkissen in den Schlaf heulen. Hatte mich echt darauf gefreut. Inzwischen macht es mir nämlich fast Spaß, Liebeskummer zu haben.

Aber bitte. Rüschenkleid angezogen, Schleife ins Haar. Ich hatte keine Kraft mehr zu kämpfen.

Kurz darauf stand ich im reizenden Kleidchen vor dem angekündigten Besuch, der inzwischen schon am Esstisch Platz genommen hatte. Vor Schreck schrie ich laut auf. Lukas!

»Sitze ich auf deinem Fensterplatz?«, erkundigte er sich ganz beiläufig.

Lukas und sein Vater saßen bei Shellys Eltern am Tisch! Als wäre das ganz normal. Bin ich im falschen Film?

»Da haben wir so viel geplaudert im Flugzeug, aber ich habe mich nie erkundigt, zu welcher Familie in Paris du eigentlich gehst«, meinte Birkenschuh lachend. »Was für ein Zufall! Shellys Vater und ich kennen uns aus Studienzeiten.«

Ich stand da wie angewurzelt, konnte mich nicht bewegen. Antworten ging erst recht nicht. Wie peinlich. Ich in einem albernen Rüschenkleid mit Schleife im Haar. Ich sah aus wie 'ne Dreijährige, die zum Kindergeburtstag will. Oder wie jemand, der eigentlich ganz oben auf eine Sahnetorte gehört. Als Marzipanpüppchen. Vielleicht, wenn ich lange genug still stehen blieb, würden sie mich für einen Teil des Vorhangs halten, dem sah mein Kleid nämlich erschreckend ähnlich.

Es war entsetzlich. Es war oberpeinlich.

Von allen Menschen auf der Welt musste mir diese Vollblamage ausgerechnet bei Lukas passieren. Na klasse. Das ist garantiert das letzte Mal, dass ich so ein Ding anziehe. Ich sag Shellys Mutter einfach, ich hätte eine Rüschenallergie.

»Isst du mit uns hier am Tisch oder bleibst du stehen?« Lukas konnte seinen Mund nicht halten. Dabei fühlte ich mich doch schon elend genug.

»Sehr witzig«, sagte ich hochmütig. Na ja, so hochmütig man eben in einem Kleinkind-Rüschenkleid sein kann. Ich musste aus diesem Kleid raus. Schnellstens.

»Nun setz dich doch, Zuckerschnäuzchen. Das Kleid steht dir ausgezeichnet. Magst du ein Glas Orangensaft?« Shellys Mutter lächelte gekonnt. Sie hat unter Garantie mal einen Lächel-Kurs mitgemacht.

Nachdem ich mich gesetzt hatte, funktionierte mein Hirn wieder. Geistesgegenwärtig schüttete ich mir den Orangensaft auf mein Kleid.

»Oh, wie ungeschickt von mir«, flötete ich.

»Ist ja nichts Neues.« Lukas war unermüdlich.

Ich wurde rot, rannte nach oben und zog mir normale Klamotten an. Gleich fühlte ich mich besser. So gut, dass ich beschloss, gar nicht mehr runterzugehen. Das war alles zu viel für mich. Dafür, dass Lukas mich angeblich toll fand, benahm er sich ganz schön megadämlich.

Es klopfte an der Tür.

Mein Gott, Lukas! Ich sprang auf, kämmte mir die Haare und überprüfte, ob ich auch wirklich cool aussah. Nein, nicht mit gekämmten Haaren. Also musste ich die Haare schnell wieder zerzausen. Dann legte ich mich gelangweilt aufs Bett. Gut so. In jedem Film liegen Teenager gelangweilt auf dem Bett. Aber nur Rumliegen ist auch nicht so gut. Ich sollte vielleicht was lesen. Also griff ich nach dem nächstbesten Buch und hauchte lässig: »Herein.«

Die Tür ging auf, ich starrte weiter in mein Buch. Immer locker bleiben, nur kein Interesse zeigen.

»Was ist denn los mit dir?«

Ach, bloß Shelly.

Lukas hatte überhaupt kein Interesse an mir. Hab ich doch gleich gewusst.

»Was soll schon los sein?«

»Du interessierst dich für Stelzvögel im Sumpfland?«

»Nee, wieso?«

Shelly deutete auf das Buch.

Ich klappte das Buch zu und setzte mich auf.

»Wieso kommst du nicht zum Essen runter?«

»Kein Hunger.« Mein Magen knurrte verräterisch.

»Birkenschuh hat nichts von der Sprachaufenthaltskiste erzählt. Nur, dass ihr euch zufällig im Flugzeug getroffen habt. Also kein Problem. Du wirst keine Schwierigkeiten bekommen.«

»Ich werde keine Schwierigkeiten bekommen?! Ich?!« Nein, bestimmt nicht. Mehr ging nämlich gar nicht.

»Los, komm schon runter.«

»Nee.«

»Komm jetzt.«

»Keine Lust.«

»Luke hat schon zweimal nach dir gefragt.«

»Luke?«

Na klar: Lukas. Amis kürzen alles ab. Sie versuchen jedes Wort und jeden Namen in eine einzige Silbe zu quetschen. Manchmal sagt Shellys Mutter statt Shelly nur Shell zu ihr. Luke also. Luke. Na, klingt auch nicht schlecht.

Luke hat nach mir gefragt. Hey. Wow. Is' ja irre. Er findet mich toll! Ich hab's doch von Anfang an gewusst. Aber immer mit der Ruhe. Ganz cool und gelangweilt werde ich tun.

Ich sprang auf und rannte an Shelly vorbei, die mir mit großen Augen hinterherblickte. Luke hat nach mir gefragt – gleich zweimal. Mann, den muss es ja erwischt haben!

Noch etwas außer Atem, aber lächelnd schwebte ich ins Esszimmer und nahm Platz. Ich warf Lukas einen Blick zu – damit sollte alles klar sein.

Birkenschuh erzählte wieder, was das Zeug hielt. Er und Lukas wohnen im besten Hotel, das Paris aufzuweisen hat. Sie mussten ihre geplante Tour ändern, da Birkenschuh morgen für zwei Wochen geschäftlich nach Dallas muss. Lukas hatte keine Lust mitzukommen, also wollte er fragen, ob sein Sohn für ein paar Tage hierbleiben könne.

Das war mein Einsatz. »Das ist aber nett, dann kann ich dir … äh … können wir dir Paris zeigen … und so.« War das meine Stimme? Ich klang ja schon ganz rüschig!

Lukas zuckte die Schultern.

Neuer Versuch. »Warst du schon oft in Amerika?« So was nennt man gepflegte Konversation. Aber dazu gehören zwei. Wenn der Kerl nicht bald die Zähne auseinanderkriegt, dann hat sich's auskonversiert! Ich hatte schon Muskelkater in den Mundwinkeln vom vielen Lächeln.

Lukas schwieg.

Seinem Vater fiel das auch auf. »Was bist du denn so wortkarg, Junge? Unterhalte dich doch mit deiner Freundin. Das ist jetzt die Gelegenheit.«

Ich erstarrte. Das war's. Damit war alles aus. Vielen Dank, Herr Müller-Birkenschuh. Junge Liebe zerstört.

Lukas nuschelte irgendetwas wie: »Sie ist nicht meine Freundin. Ist überhaupt nicht mein Typ.«

Uuh. Wie entsetzlich. Blamage volle Breitseite. Das war's.

Hier bleib ich keine Sekunde länger.

In meinem Zimmer warf ich mich aufs Bett und heulte.

Ich war stinksauer auf Birkenschuh. Der hatte mir schließlich den Floh ins Ohr gesetzt, Lukas fände mich toll. Sonst hätte ich mich doch gar nicht in ihn verliebt. Und jetzt bin ich in jemanden verliebt, der mich gar nicht gut findet. So ein Mist.

Diese Art von Liebeskummer ist ja noch schlimmer.

Wusste gar nicht, dass es verschiedene Arten von Liebeskummer gibt.

Es ist ja eine Sache, wenn man in jemanden verliebt ist, der in einen zurückverliebt ist, und dann wird man vom Schicksal getrennt. Wie Justus und ich. Das ist romantisch.

Aber in jemanden verliebt zu sein, der einen nicht liebt, ist absolut bescheuert.

Und nun hab ich diese Torfnase an der Backe. Als ob Paris nicht ohne ihn schon ätzend genug wäre!

Mist noch mal. Vier Wochen in diesem verschlafenen Nest! Zwei davon mit Lukas. Was für eine Strafe!

Wenn Justus bloß hier wäre. Dann würde ich mit Justus Hand in Hand durch die Gegend laufen und Lukas völlig ignorieren.

Eigentlich hätte ich ja wirklich mit Justus verreisen können. Wieso ist meine Mutter denn eigentlich nicht auf diese Idee gekommen? Das wäre das perfekte Mittel gegen meinen Liebeskummer. Nicht irgendeine Reise, sondern eine Reise mit Justus. Dass einem die besten Sachen aber auch immer zu spät einfallen!

Wieso eigentlich zu spät? Justus kann doch immer noch nachkommen. Ich könnte ihm schreiben.

Oder besser noch: Ich könnte Flippi schreiben. Sie soll mir Justus hierherzaubern. Wenn Justus erst mal da ist, kann ich ihm alles erklären.

Mit Justus in Amerika. Wow. Das wäre wunderbar. Warum ist mir das nicht früher eingefallen? Das ist die Lösung.

Dieser Lukas kann mir gestohlen bleiben.

Dienstag, 3. August

»Na, was macht denn der gute Justus?«, begrüßte mich Lukas heute Morgen. Sein Vater hatte ihn in aller Herrgottsfrühe hier abgesetzt.

Ich bekam den Schreck meines Lebens. Justus? Wie kam er darauf?

»Was meinst du?« Nachzufragen ist immer die beste Taktik, um rauszukriegen, was die Leute meinen.

»Na, du hast doch erzählt, dass dein geliebter Justus in Frankreich sitzt und auf dich wartet.«

»Justus wartet nicht.« Er ist doch gar nicht in Paris.

»Also, dann würde ich ihn aber in die Wüste schicken. Und Abstand halten.«

»Mach ich ja.« Also, nicht direkt. Justus' Eltern haben den Abstand geschaffen. Mit ihrem Umzug. Aber das ging Lukas nichts an.

Nach dem Frühstück versuchte Shelly, Lukas und mich zu überreden, mit auf die Ranch zu kommen. Sie erklärte uns den ganzen Ranch-Betrieb genauestens.

Gähn. Fand ich völlig uninteressant.

Shelly berichtete mit glänzenden Augen, wie sie immer den Stall ausmistet, den Pferden die Hufe auskratzt, sie striegelt und das Sattelzeug putzt.

Uuh, toll. Da geh ich noch lieber zum Zahnarzt.

Na ja, bei Shelly kann man das verstehen. Sie will schließlich Rodeoreiterin werden. Aber ihre Eltern haben klipp und klar gesagt: »Kommt gar nicht infrage. Das ist viel zu gefährlich.« So was nimmt Shelly zur Kenntnis. Und dann macht sie, was sie will.

Ich bin womöglich für die ganze Pferde-Nummer schon zu alt. Früher fand ich Pferde auch mal toll. Aber seit meinem ersten Kuss bin ich viel erwachsener geworden. Mich sieht so schnell keiner in einem Stall Pferde striegeln.

Lukas jedoch war völlig hin und weg. »Hey, ist ja voll cool. Ich komm mit.«

Ich rümpfte nur die Nase und wollte gerade »Kinderkram« sagen, da meinte Lukas locker zu mir: »Du kommst doch auch mit, Jojo, oder? Klingt doch irre.«

Dachte eigentlich, ich wär nicht sein Typ. Aber wenn er so viel Wert auf meine Gesellschaft legt, bitte. »Klar doch. Logo. Deshalb bin ich ja hier.«

Ach, es war sooo toll auf der Ranch. Ich habe mit Lukas Pferde geputzt, Hufe ausgekratzt und den Stall ausgemistet.

Jim, dem die Ranch gehört, stellte uns die Pferde einzeln vor: Gus, ein Pferd mit Humor; den wilden Diabolo; den gutmütigen Old Yeller; Gironimo, mein Flughafen-Taxi; Homer, ein Pferd für alle Fälle, und Eeyore, der aussah wie ein Esel. Also zumindest hielt ich ihn für einen Esel. Aber Lukas lachte sich halb tot und meinte, Eeyore wäre ein graues Pony. Ich war ziemlich sauer. Mich so zu blamieren. Ausgerechnet vor Jim. Und Jim gab Lukas auch noch recht. Wenn die beiden *Winnie the Pooh* gelesen hätten, wüssten sie, dass Eeyore ein Esel ist.

Ich erzählte Jim, dass ich später mal Rodeoreiterin werden will. Jim war beeindruckt. Lukas verdrehte die Augen.

Jim ist wahnsinnig nett. Und sehr klug. Was der alles über Pferde weiß. Wesentlich mehr als Lukas.

Ich ließ Lukas völlig links liegen.

Irgendwann kam er zu mir. »Wieso bist du denn so schlecht drauf?«

»Ach, du redest mit mir? Wie das? Ich bin doch gar nicht dein Typ.«

Lukas hatte verstanden, sagte aber nichts.

»Auf was für einen Typ stehst du überhaupt?« Das wollte ich jetzt doch wissen.

Lukas überlegte, dann meinte er grinsend: »Chaotisches Huhn.«

Bitte? Was soll das denn sein?

Lukas grinste noch breiter. »Du kommst da schon ziemlich nah dran.«

Wow. Ich war sprachlos.

Mitten im schönsten Flirt musste Jim dazwischenplatzen: »Wer will reiten?«

Reiten? Keiner! Hier passierte gerade was viel Wichtigeres!

Aber bevor die Situation peinlich wurde, sagte ich schnell: »Ich nehm den Esel.« Und fügte hinzu: »Ich weiß, der Esel ist ein Pony.«

»Geht zu Cyrill, der hilft euch die Pferde zu satteln. Dann könnt ihr im Korral reiten.«

Der Korral ist ein riesiger Platz, mit einem Holzzaun drum herum, in dem Cyrill und Jim die Pferde zureiten.

Ich wollte mich gerade in Bewegung setzen, da deutete Jim auf meine superschicke Aufmachung. »Hast du Kleider zum Wechseln mitgebracht?«

Ich schüttelte den Kopf. Natürlich nicht. Das war mein coolstes Outfit. Was hatte er daran auszusetzen? Ich sah wesentlich besser aus als gestern im Rüschenkleid.

»Warte mal«, sagte Jim zu mir. Und zu Lukas: »Du kannst schon vorgehen. Für deine Freundin muss ich erst mal was Ordentliches zum Anziehen suchen.«

Freundin. Ich zuckte zusammen und wartete darauf, dass Lukas jetzt wieder etwas Vernichtendes sagte. Tat er aber nicht. Also sagte ich es: »Ich bin nicht seine Freundin.«

»Sorry.« Jim ging zu seinem Jeep.

Lukas warf mir einen Blick zu, den ich nicht deuten konnte.

Jim kam mit einem alten karierten Flanellhemd und einer Jeans wieder. Beides viel zu groß. Bei dem Hemd sah das echt gut aus. Bei den Jeans echt bescheuert. Ich musste die Jeans mit einem Strick enger binden und die Hosenbeine hochkrempeln.

Als ich im Stall auftauchte, meinte Lukas: »Du siehst aus wie Huckleberry Finn.«

Cyrill, der Yep-Nope-Cowboy, den ich bereits an meinem Ankunftstag kennengelernt hatte, schob seinen Hut in den Nacken und kratzte sich am Kopf, als er mich sah.

Ich schaute an mir runter. »Sieht bescheuert aus?!«

Cyrill sagte: »Yep.«

Na vielen Dank. Das ist gut fürs Selbstbewusstsein. Morgen bringe ich meine eigene Jeans mit.

Cyrill ist Wrangler auf der Ranch. Er reitet die Pferde zu, versorgt sie, verpasst ihnen neue Hufeisen, repariert Zäune und so weiter.

Was ich für mein Leben gerne hätte, wären Cowboystiefel. Aber da war auf der Ranch nichts aufzutreiben. Entweder gibt es keine Cowboys mit meiner Schuhgröße oder Cowboys trennen sich niemals von ihren Stiefeln. Womöglich werden sie darin beerdigt.

Aber Lukas reitet auch mit Turnschuhen.

Lukas fand alles spitzenmäßig und will jetzt jeden Tag auf die Ranch.

Shelly war ziemlich aufgekratzt und gut gelaunt.

Also, wenn Shelly sich so darüber freut, dass jemand mit ihr auf die Ranch geht, komme ich öfters mit.

Vielleicht jeden Tag.

Lukas kann richtig gut reiten. Ich nur so mittelmäßig. Was mich ziemlich ärgerte.

Lukas merkte das. »Es wurmt dich, dass ich besser reiten kann als du, stimmt's?«

»Nicht wirklich. Ich bin es nur nicht gewöhnt, dass Jungs irgendetwas besser können als Mädchen.«

Lukas fiel vor Lachen fast vom Pferd.

»Ich finde, Jim sieht super aus. Und er ist so intelligent und kann so toll reiten.«

Lukas hörte auf zu lachen.

Hach.

Ich fühlte mich dann aber nicht so gut, wie ich gehofft hatte. Tat mir danach fast leid, dass ich das gesagt hatte.

Dienstag, 3. August, abends

Alles in allem war es ein supertoller Tag. So ein Ranchleben ist große Klasse. Und das sag ich jetzt nicht nur, weil ich Jim nett finde. Oder weil er der bestaussehende Mann auf der Welt ist. Das beeindruckt mich alles auch gar nicht. Ich weiß ja, dass es auf den Charakter ankommt. Und Jim hat eben einen richtig gut aussehenden Charakter. Äh, ich meine einen richtig guten Charakter. Also, jedenfalls kann ich 'ne Menge von ihm lernen und deshalb ist es gut, wenn ich möglichst viel Zeit mit ihm verbringe. Meine Mutter wollte ja, dass ich ins Ausland fahre, um was zu lernen.

Auweia, ich muss Flippi unbedingt schreiben, sie soll die Sache mit Justus vergessen. Denn das wäre jetzt irgendwie ungeschickt, wenn Justus hier wäre. Was soll er denn den ganzen Tag tun? Ich bin ja immer auf der Ranch, da hätte ich gar keine Zeit für ihn.

Und ich hab ganz vergessen, Liebeskummer zu haben. Au backe! Aber ich kann ja auch mal ein oder zwei Tage aussetzen.

Zehn Minuten später

Meine Mutter rief an. Sie war sehr besorgt. Erst dachte ich, sie macht sich Gedanken um mich.

»Mami, ich hab alles im Griff. Ehrlich. Es ist spitze hier.«

»Freut mich, Schätzchen. Aber ich mache mir Sorgen wegen Flippi.«

Ah ja. Ich bin im falschen Land gestrandet, habe jede Menge Liebeskummer und sie macht sich Sorgen um Flippi.

»Wieso?«

»Flippi hat das Reden eingestellt.«

»Na, sei doch froh!«

»Sie verständigt sich nur noch durch Gesten.«

Fand ich immer noch nicht weiter schlimm.

»Sie gab mir zu verstehen, sie mache ein Experiment. Für ihre Schnecken.«

Flippis Schneckenzucht. Ein ewiges Thema.

»Was für ein Experiment?«, fragte ich.

»Also, wenn ich ihre Gebärden richtig gedeutet habe, will sie ab jetzt das Leben einer Schnecke führen. Damit sie besser versteht, was in einer Schnecke vor sich geht. Sie hat sich mithilfe des Zauberbären in eine Schnecke verwandelt. Glaubt sie.«

»Die spinnt.«

»Sei nicht so hart, Jojo. Sie nimmt das sehr ernst und gibt sich wirklich Mühe. Sie robbt den ganzen Tag auf dem Bauch herum. Hat sich einen Schlafsack auf den Rücken geschnallt, als Schneckenhaus.«

Ich konnte es mir lebhaft vorstellen. »Besorg dir Schneckengift«, schlug ich vor.

Meine Mutter japste. »Du bist herzlos.«

»Realistisch«, korrigierte ich.

»Schätzchen, ich muss jetzt aufhören. Flippi versucht, an der Wand hochzukriechen.«

Bin ich froh, dass ich weit weg bin.

Mittwoch, 4. August

Lukas war heute besonders nett zu mir. Er zeigte mir ein paar Reittricks. Zum Beispiel, wie man ein Pferd dazu bringt, rückwärts zu gehen oder auf kleinstem Raum zu wenden. Lukas meinte, das wäre wichtig, wenn man im Gelände reitet und auf einem ganz schmalen Pfad wenden muss, wo der Berg auf der einen Seite steil hoch- und auf der anderen Seite steil runtergeht.

Jungs fühlen sich gleich viel besser, wenn sie Mädchen etwas beibringen können.

Ich hätte ihm stundenlang zuhören können. Es war sooo romantisch.

Ob Lukas in mich verliebt ist?

Ich finde, wenn jemand in jemanden verliebt ist, dann sollte sofort eine Leuchtschrift auf seiner Stirn erscheinen, auf der eindeutig steht: »Ich bin verliebt in dich.« Dann weiß der andere wenigstens, woran er ist. Aber das sollte natürlich nur bei den anderen so sein. Nicht bei mir.

Die Sache mit der Liebe ist absolut verbesserungsbedürftig.

»Hast du das jetzt verstanden?«, riss mich Lukas aus meinen Gedanken.

»Klar.«

»Gut.« Er stieg von Diabolo ab und nahm ihn an den Zügeln. »Dann bringen wir die Pferde wieder zurück.«

Nein, nicht. Ich wollte nicht gehen. Lukas sollte mir noch mehr erklären. Was könnte ich ihn fragen? Irgendetwas! Mir fiel nichts ein. Ich bewegte mich nicht vom Fleck.

»Cyrill verpasst den Pferden neue Hufeisen. Ich will zugucken.« Lukas setzte sich in Bewegung.

Es war doch gerade so toll. Dass Jungs kein Gespür dafür haben!

»Lukas, warte!«

Lukas blieb stehen.

Ich musste ihn um irgendetwas bitten. Schnell. Aber um was?

Er kickte einen Stein weg. Mein Blick fiel auf seine Turnschuhe.

»He, kannst du mir beibringen, wie man Schnürsenkel bindet?«

In meiner Hektik fiel mir echt nichts Besseres ein.

»Wie alt bist du eigentlich?«

Ich ignorierte das. »Deine Turnschuhe sind irgendwie so … so cool eingefädelt.«

Lukas schaute auf seine Schuhe.

»So über Kreuz und hin und her. Sieht anders aus. Besser als das, was man sonst so sieht.« Ich redete mich langsam in Schwierigkeiten.

»Kannst du dir schon allein die Zähne putzen?«

Das ging zu weit. Will er sich über mich lustig machen?

»Alles klar, ihr zwei?« Plötzlich stand Jim vor uns.

Lukas zuckte die Schultern. »Erklär Jojo mal, wie man Schuhe bindet.«

»Sicher.« Jim ist wirklich sehr hilfsbereit.

Ich rutschte vom Pferd runter und schaute triumphierend zu Lukas: Es gibt auch noch nette Männer. Dann lächelte ich Jim total freundlich an. Lukas zog von dannen.

Jim ist ein echter Gentleman. Viel netter als Lukas.

»So, was wolltest du wissen?«

Lukas war außer Hörweite.

»Hat sich schon erledigt. Danke, Jim.«

Mittwoch, 4. August, abends

Anruf von Flippi.

»He, Schnecke«, rief ich.

»Hör bloß auf. Deine Mutter geht mir echt auf den Keks.«

»Meine Mutter?! Es ist genauso gut deine Mutter.«

»Nicht, wenn sie sich so durchgeknallt benimmt.«

»Was macht sie denn?«

»Hat sich in ihr Zimmer eingeschlossen. Liest abwechselnd Erziehungsratgeber und Brehms Tierleben.«

»Ist doch okay. Lass sie ruhig.«

»Eben kam sie aus dem Zimmer rausgekrochen. Gekrochen. Hatte die Bettdecke zusammengerollt und sich auf den Rücken geschnallt. Die hat 'ne Vollmeise.«

»Sie geht nur auf dein dämliches Experiment ein, du Napfschnecke! Hol sie mal ans Telefon.«

Flippi war gleich wieder dran. »Sie tut so, als könne sie den Hörer nicht halten. Ohne Arme und Hände und so, du weißt schon.«

Oh Mann, die zwei kann man echt nicht allein lassen.

»Was soll ich tun, Jojo?«

Flippi fragt mich um Rat! Das gibt's ja wohl nicht. »Gib ihr Salat und stell ihr ein Schälchen Wasser hin.«

Dann legte ich auf. Hab schließlich meine eigenen Probleme.

Donnerstag, 5. August

Shelly hat heute was echt Albernes gesagt. Sie meinte, ich solle mich nicht in Jim verknallen, der wäre viel zu alt für mich.

Also erstens bin ich nicht verknallt. Ich finde Jim nett. Das ist alles. Und außerdem ist Jim nicht zu alt für mich. Er ist erst einundzwanzig. Das klingt jetzt vielleicht noch etwas alt, ich dreizehn, er einundzwanzig. Aber wenn ich einunddreißig bin, ist er neununddreißig. Das ist ja kaum noch ein Altersunterschied. Dann sind wir sozusagen im selben Alter.

Ist aber eh Sumpf, was Shelly da quakt. Immerhin hab ich ja noch Liebeskummer. Obwohl mir das, ehrlich gesagt, inzwischen richtig schwerfällt. Irgendwie hab ich viel zu gute Laune für Liebeskummer.

Wenn ich wüsste, dass Jim in mich verliebt ist, dann würde ich mich ja vielleicht auch in ihn verlieben.

Aber wenn alle so denken, verliebt sich ja nie einer in einen anderen.

Wahrscheinlich muss einer mit dem Verliebtsein anfangen und dann verliebt sich der andere auch. Es sei denn, er ist sowieso schon verliebt und wollte es nur nicht zugeben. Dann ist alles in Butter.

Es kann natürlich auch sein, dass sich zwei Leute absolut gleichzeitig ineinander verlieben. Sich angucken und peng sind sie verknallt. Das ist ideal. Aber das kommt womöglich nur in Filmen vor.

Ganz dumm ist es, wenn zwei Leute ineinander verliebt sind und sich beide nicht trauen, es zu sagen. Dann wird nie was draus. Das ist die ärgerlichste Variante.

Ich bin schon wieder verwirrt. Immer wenn was in meinem Leben mit Jungs zu tun hat, bin ich verwirrt. Das macht mich ganz kribbelig. Der ganze Murks mit der Liebe ist echt kompliziert.

Es wäre doch nicht so schlecht, wenn Justus jetzt hier wäre. Dann könnte ich herausfinden, in wen ich am meisten verliebt bin. Ich würde Justus, Jim und Lukas nebeneinander aufstellen und sie dann nacheinander anschauen und genau darauf achten, bei wem mein Herz höherschlägt.

Zum Abschluss des Tests müsste mich jeder zu 'ner Cola oder 'nem Hamburger einladen. Danach würde ich mich entscheiden, in wen ich wirklich verliebt bin.

Das wäre 'ne gute Übung.

Womöglich gibt es ja echte und falsche Liebe.

Vielleicht war das, was ich für Justus empfunden habe, bloß Schein-Liebe. Oder das, was ich für Jim empfinde, ist Schein-Liebe. Oder Lukas.

Was weiß ich. Verdammte Liebe.

Ich rief zu Hause an. Machte mir Sorgen um die Schneckenfamilie. Keiner ging dran. Haben Schnecken natürliche Feinde?

Freitag, 6. August

Jim war heute schlecht gelaunt. Er hat Probleme. Shelly hat mir davon erzählt. Die Ranch ist in finanziellen Schwierigkeiten. Als es noch eine Gästeranch war, kamen jede Menge Touristen und spielten für ein paar Tage oder auch Wochen Cowboys und Wilder Westen. Aber seit einigen Jahren läuft nichts mehr. Jim hat die Ranch von seinem Vater geerbt und musste nach und nach die Leute, die bei ihm gearbeitet haben, entlassen.

Nur noch Cyrill ist übrig geblieben. Er ist schon seit ewigen Zeiten auf der Ranch und will dort auch bleiben. Egal, ob Jim ihn bezahlen kann oder nicht.

Cyrill tut so, als wäre alles im Lot. Er verliert kein Wort darüber, dass überhaupt keine Gäste mehr auf der Ranch sind. Aber das ist nichts Besonderes. Er verliert ja sowieso nie viele Worte. Er redet nur, wenn es sich absolut nicht vermeiden lässt. Und auch dann nie mehr als ein einziges Wort. Wenn er Ja meint, sagt er »Yep«, wenn er Nein meint, »Nope«. Und außer Ja und Nein sagt er nix.

Shelly hat erzählt, Cyrill käme aus Wyoming, dem Cowboy-Staat. Und für jemanden aus Wyoming sei er richtig gesprächig.

Aber heute war selbst Cyrill noch schweigsamer als sonst.

Armer Cyrill. Ich wollte ihn aufmuntern. Ich ging zu ihm hin und fragte, ob ich etwas für ihn tun könne.

»Nope«, sagte er.

Ich erzählte ihm ein paar lustige Geschichten, aber er reagierte nicht. Vielleicht sollte ich besser aufhören zu reden und gehen?

»Yep«, sagte er.

Also trollte ich mich und ging zu Jim. Er hatte einen Brief von seiner Bank bekommen. Sie wollen ihm kein Geld mehr leihen. Das ist ziemlich schlimm, und wenn nicht bald ein Wunder geschieht, muss Jim die Ranch verkaufen. Ohne Geld kann er sie nicht instand halten.

Das wäre auch für Shelly furchtbar. Die Ranch ist ja so was wie ihr zweites Zuhause. Na, eigentlich ihr erstes Zuhause.

Deshalb war Shelly auch ziemlich down.

Na klasse: nur deprimierte Menschen um mich herum. So traurig hätte es selbst im echten Paris nicht sein können. Und Leid verbindet.

Deshalb erzählte ich Jim sehr ausgiebig von meiner unglücklichen Liebe zu Justus.

Jim war ziemlich beeindruckt.

Daraufhin berichtete ich auch gleich noch von Lukas. (Natürlich ohne Lukas' Namen zu erwähnen. Den Typ in meiner Geschichte taufte ich Michael.)

Jim war noch beeindruckter und meinte, das wäre echt traurig. Dann schlug er mir aufmunternd auf die Schulter und lächelte: »Liebeskummer lohnt sich nicht.«

Schon wieder dieser Spruch! »Wieso nicht?« Erklärung, bitte!

»Du bist noch so jung.«

Oh nein! Ich hasse das. Wieso nehmen die Leute meinen Liebeskummer nicht ernst? Ist doch echt bescheuert. Wo bitte ist denn der Unterschied zwischen jemand, der dreizehn ist und Liebeskummer hat, und jemand, der schon seinen Führerschein hat oder wählen darf oder Rente kriegt und Liebeskummer hat? Davon wird doch der Liebeskummer nicht besser oder schlimmer!

Aber das sagte ich nicht. Ich wollte ja nicht mit Jim streiten.

Dann erzählte Jim von sich. Besonders von Betty Sue. Betty Sue scheint er sehr zu mögen. Für Betty Sue will Jim nämlich diese Ranch unbedingt erhalten. Ich schätze mal, Betty Sue ist seine Mutter. Er sagte nämlich, seit er ein kleiner Junge war, wollte er immer mit Betty Sue auf dieser Ranch wohnen.

Das finde ich so, sooo süüüß!

Eventuell bin ich doch in Jim verliebt.

Ist das denn zu fassen? Kaum ein paar Tage hier in Amerika und schon bin ich verliebt. Und zwar gleich mehrfach.

Ich bin ziemlich gut geworden im Verlieben.

Wenn man bedenkt, dass ich ja eigentlich noch Anfängerin bin.

Lukas ließ sich die ganze Zeit nicht blicken. Tat so, als wäre ich Luft.

Also bin ich zu ihm hin, aber noch bevor ich etwas sagen konnte, meinte er: »Wenn du Jim suchst, der ist nicht hier.« Und schon war er verschwunden. Erklär mir einer die Jungs!

Bevor wir wieder nach Hause fuhren, klopfte mir Jim kameradschaftlich auf die Schulter: »Vergiss Mike! Heul ihm keine Träne nach!«

Ich wurde rot, weil Lukas mich mit hochgezogener Augenbraue anschaute. »Mike?«

Ohne mit der Wimper zu zucken, sagte ich leise zu Lukas: »Mein Kanarienvogel. Er ist tot. Körnervergiftung.«

Ich lächelte Jim an. »Vielen Dank für deinen Rat.«

»Jederzeit!« Jim lächelte zurück und ging.

Lukas ließ mich nicht aus den Augen. Ich wurde dunkelrot.

Als Jim verschwunden war, meinte Lukas: »Schmalz doch den armen Jim nicht so voll, der kann einem ja leidtun.«

»Ich schmalze nicht. Ich unterhalte mich. Jim ist ein interessanter Gesprächspartner.«

»Na klar doch. Und du bist ein Kleinkind, Miss Supercool.«

Selber! Mister Voller-Durchblick!

Freitag, 6. August, abends

Hab die Schnecken erreicht.

»Sag mal, wieso geht denn keiner ans Telefon? Ich hab mir schon Sorgen gemacht und dachte, ihr seid von 'ner Katze oder 'nem Vogel gefressen worden!«

»Jojo! Geht's dir gut?«, rief meine Mutter vorwurfsvoll.

»Klar, dir anscheinend auch, immerhin kannst du den Telefonhörer wieder halten.«

»Jojo, du redest so wirr.«

»Ich?!! Du hast schließlich damit angefangen.«

»Schätzchen, beruhige dich. Erzähl mir lieber, wie es dir geht.«

Meine Mutter macht mich noch wahnsinnig.

»Ist alles in Ordnung? Hast du ein paar nette Freundinnen gefunden? Hast du Heimweh?«

»Ja. Noch nicht. Auf keinen Fall.«

»Jojo?«

»Ich hab keine Zeit mehr. Ich muss zum Schnecken-Rodeo.«

Diese Familie schafft mich. Ich werde Spätfolgen von meiner unprofessionellen Erziehung davontragen. Das wird meiner Mutter noch leidtun.

Samstag, 7. August

Ich kann's kaum glauben: Jim will mich heiraten.

Ganz im Ernst. Ehrlich.

Ach, es war so romantisch.

Wir saßen mittags auf der Weide und aßen Sandwiches. Jim und ich. Shelly striegelte die Pferde und Lukas hatte sich wieder mal verdrückt. Er reparierte Zäune mit Cyrill.

Jedenfalls saßen Jim und ich im Gras. Jim erzählte mir von seinen Lebensplänen und berichtete verschmitzt, dass er mit der Dame seines Herzens nach Las Vegas fahren will, um zu heiraten. Dabei guckte er mich voll lieb an und fragte, was ich denn dazu sagen würde.

»Ja«, sagte ich. Jedes Mädchen in meiner Situation hätte Ja gesagt, wenn der bestaussehende Cowboy westlich des Mississippis einen fragt, ob man mit ihm nach Las Vegas fahren und ihn heiraten will.

Jim strahlte und flüsterte mir verschwörerisch zu: »Okay. Aber kein Wort darüber. Das ist ein Geheimnis.«

»Ich kann schweigen wie ein Grab«, beteuerte ich.

»Gut«, meinte Jim.

Ob ich zur Hochzeit eins der weißen Rüschenkleider von Shellys Mutter tragen sollte?

Lukas wird staunen. Von wegen Kleinkind!

Samstag, 7. August, abends

Meine Mutter rief heute an. Sie hatte ein schlechtes Gewissen. Ihr dämmerte wohl erst im Nachhinein, was ich gestern am Telefon gesagt hatte. Sie entschuldigte sich. Die Schneckensache hatte sich wohl erledigt. Flippi hätte jetzt andere Sorgen. Sie wollte mit mir reden.

Ihr Zauberbär habe einen Defekt, meinte sie. Er würde seit einiger Zeit sehr schlampig zaubern.

Sie wollte sich und meine Mutter nach Mallorca zaubern. Doch alles, was der Bär geschafft hätte, wäre ein Prospekt mit Urlaubsangeboten im Briefkasten.

»Hattest du mit ihm auch solche Probleme?«

»Nie.«

»Kann man den umtauschen? Ist da vielleicht noch Garantie drauf?«

»Flippi, sei nicht albern.«

»Wahrscheinlich hast du ihn schon total verbraucht.«

»Wahrscheinlich hast du einen Jungen geküsst.« Ich weiß genau, wie man Flippi auf die Palme bringen kann.

»Spinnst du?!! Niiie. Reicht ja, wenn eine aus der Familie so doof ist.« Flippis Stimme klang verzweifelt.

Sie tat mir leid. Natürlich nur ein kleines bisschen. »Flippi, vielleicht braucht der Bär einfach mal ein paar Tage Erholung. Er muss sicher auch mal Kraft tanken oder aufgeladen werden.«

Flippi sagte nichts.

»Okay?«

»Meinst du wirklich?«

»Ja.«

»Aufladen? Hmm.«

»Flippi! Komm jetzt nicht auf irgendwelche Ideen.«

»Ja, ja. Ich muss jetzt Schluss machen, tschüs.«

Sie war auf irgendwelche Ideen gekommen. Ganz sicher. Ich hatte das im Gefühl.

Sonntag, 8. August

Es ist doch eine Schnapsidee.

Klar, Jim ist echt super nett und alles. Aber ich kann ihn nicht heiraten. Dass die Amis aber auch gleich so übertreiben müssen. Er hätte mich mal zu 'ner Cola einladen können, das wäre ja okay gewesen. Aber gleich heiraten? Nee. Mein Entschluss steht fest: Keine Hochzeit. Heiraten kann ja wohl nicht das Rezept gegen Liebeskummer sein.

Ich muss es ihm irgendwie schonend beibringen. Am schonendsten wäre natürlich, wenn ich dafür sorge, dass er sich wieder entliebt. Ich müsste mich so dämlich benehmen, dass er mich überhaupt nicht mehr gut findet. Dann kann er von sich aus Schluss machen. Das ist gut.

Bleibt natürlich die Frage: Wie benimmt man sich dämlich? Keine Ahnung. Darin hab ich keine Übung.

»Heute geh ich nicht auf die Ranch«, verkündete ich beim Frühstück und schaute Lukas erwartungsvoll an. Ich dachte, er bleibt dann vielleicht auch hier und leistet mir Gesellschaft.

»Ich hab Cyrill versprochen, Zaumzeug zu putzen.«

Streber!

»Oh, geh ruhig. Ich komme gut allein zurecht. Ich werde was ganz Tolles unternehmen.«

Hmm. Vielleicht sortiere ich die Rüschenkleider nach Saumlänge.

Sonntag, 8. August, nachmittags

Meine Mutter rief an.

»Wie konntest du nur, Josefine!«

Josefine. Dann musste es etwas Ernstes sein.

»Was konnte ich?«

»Flippi so einen Blödsinn erzählen! Sie hätte sich fast umgebracht und das ganze Haus abgefackelt.«

Es dauerte etwas, bis ich erfuhr, was passiert war. Mein Hinweis, der Bär müsse Kraft tanken und aufgeladen werden, brachte Flippi auf die Idee, eine Art elektrischen Stuhl zu bauen. Sie setzte den Zauberbären auf einen Puppenstuhl, umwickelte den Stuhl mit allerlei Drähten und verband das Ganze irgendwie mit einer Steckdose. Wie durch ein Wunder blieben Flippi und der Bär unverletzt, von einem versengten Ohr einmal abgesehen – beim Bären, nicht bei Flippi. Aber den Teppich ziert nun ein Brandfleck.

Und ich hab natürlich Schuld. Ich bin Tausende von Kilometern entfernt, aber wenn meine Schwester sich in Lebensgefahr begibt, ist es meine Schuld. Na klar.

»Von dir hätte ich wirklich mehr Vernunft erwartet.« Meine Mutter konnte sich gar nicht beruhigen.

»Tut mir leid«, sagte ich, denn alles andere hätte keinen Zweck gehabt, und legte auf.

Sie wird mich in spätestens fünf Minuten wieder anrufen und sich bei mir entschuldigen. Weil sie ein schlechtes Gewissen hat, dass sie mir die Schuld gegeben hat. Sie wird dann die ganze Schuld auf sich nehmen, bis ihr einfällt, dass ja eigentlich mein Vater an allem schuld ist, weil er damals, als Flippi und ich noch klein waren, einfach abgehauen ist. Dann wird sie mir sagen, wie sehr sie mich liebt und dass ihr alles so unendlich leidtut. Ich werde sagen: »Mami, mach kein Drama. Ich finde, alles ist superokay bei uns. Ehrlich.«

Sie wird einen Moment nachdenken und dann erleichtert sagen: »Jojo-Schätzchen, du hast vollkommen recht. Ich finde auch, wir meistern das alles prima.«

In etwa fünf Minuten. Ich bleibe gleich neben dem Telefon sitzen.

Montag, 9. August

Es ist so furchtbar peinlich, ich kann es gar nicht beschreiben.

Ich weiß nicht einmal, wo ich anfangen soll.

Heute früh gingen Shelly, Lukas und ich zur Ranch.

Jim kam strahlend auf mich zu. Er war völlig happy: »Sie hat Ja gesagt.«

Wer hat Ja gesagt? Mit wem hat er denn darüber geredet? Mit seiner Mutter?

Bevor ich nachfragen konnte, hörte ich Jim jubeln: »Betty Sue will mich heiraten!«

Wie bitte? Betty Sue? Wie denn das?

Ich war völlig von den Socken, blickte nicht die Bohne durch und da rutschte mir dieser entsetzliche Satz raus: »Aber das geht doch nicht, du kannst doch nicht deine Mutter heiraten!«

Erst nachdem ich es ausgesprochen hatte und alle mich erstaunt anschauten, wurde mir die bittere Wahrheit klar. Betty Sue ist nicht seine Mutter. Sie ist seine Freundin! Wie oberpeinlich!

Ich wollte nur noch sterben. Oder zumindest in den Boden versinken. Und ich hatte mir gestern den ganzen Tag lang überlegt, wie ich mich möglichst dämlich benehmen kann, damit Jim mich nicht mehr toll findet. Na bravo. Das hab ich ja jetzt ganz ohne Anstrengung hingekriegt. Ich bin ein Naturtalent.

Jim, Shelly, Lukas und Cyrill schauten mich verwundert an, aber Lukas Müller-Oberschlau prustete los vor Lachen. »Du hast doch nicht etwa …«

»Halt die Klappe!«, kreischte ich. Ich wollte es nicht hören.

Das ist bei Weitem die schlimmste Blamage meines gesamten Lebens. Der Auftritt im Rüschenkleid war nix dagegen! Nie wieder werde ich mich schlimmer blamieren können als heute. Das krönt alles, was ich je an Blödsinn angestellt habe.

Es ist soooo peinlich.

Männer sind so gemein. Das war jetzt das allerletzte Mal, dass ich mich verliebt habe! Nie wieder!

Ich reise ab. Morgen früh fahre ich zum Flughafen und mach die Fliege. Keinen Tag länger bleib ich mehr hier.

Ich hasse mich. Nein: Ich hasse alle Männer. Das ist besser.

Dienstag, 10. August

Mein Rucksack war schnell gepackt. Gleich geht's los zum Flughafen und dann bye-bye, Amiland.

Shelly klopfte gestern Abend noch dreimal an meine Tür, aber ich ließ sie nicht rein.

Heute Morgen kam Lukas und versuchte mit mir zu reden. Durch die Tür. »Jojo, bleib locker. Keiner hat was geschnallt. Die halten dich nur für überdreht, das ist alles.«

»Aber du weißt es.«

»Ich sag es niemand.«

»Ich will aber auch nicht, dass du es weißt. Lass mich in Ruhe.«

»Jojo, krieg dich wieder ein.«

»Das musst ausgerechnet du sagen! Du bist doch an allem schuld.«

»Sag mal, tickst du noch richtig?«

»Verschwinde.«

Er verschwand und ich hörte, wie er »Weiber!« knurrte.

Ich will nur weg. Ganz weit weg.

Ich werde warten, bis Shelly und Lukas aus dem Haus sind, und dann Rosita bitten, mich zum Flughafen zu bringen. Wenn ich ihr dafür eine Familienpackung Schokoriegel und ein Dutzend Donuts verspreche, macht sie das bestimmt.

Dienstag, 10. August, nachmittags

Bin wieder hier, im Vom-Winde-verweht-Haus.

Volle Pleite.

Wieso kann in meinem Leben nicht einmal was klappen?

Bin also heute Morgen zum Flughafen. Musste für Rosita noch zwei Packungen Schokoladen-Küsschen drauflegen, sonst hätte sie mich nicht gefahren.

Am Flughafen stellte sich heraus, dass mein dämliches Ticket nur an dem Datum gilt, das auf dem Flugschein steht.

»Billig-Tickets können nicht umgebucht werden«, meinte die Dame am Schalter.

»Ich will aber nach Hause. Sofort«, jammerte ich.

»Dann musst du dir ein neues Ticket kaufen.«

Wovon denn bitte? Das kostet ein Heidengeld. Mein Taschengeld reicht nicht mal bis Dallas. Ich drückte noch ein paar Tränen raus, aber zero. Kein Erbarmen.

Dabei hatte ich alles so gut geplant: Ich fliege heim, stehe dann plötzlich in der Wohnung und tue so, als wäre das ganz normal. Wenn meine Mutter nachfragt, wieso ich schon zu Hause bin, hätte ich einfach gesagt, sie hätte sich getäuscht. Es wäre kein vierwöchiger, sondern nur ein zehntägiger Aufenthalt gewesen.

Damit wäre ich lässig durchgekommen. Das ist die Flippi-Nummer: nichts fragen, nichts erklären. Einfach Tatsachen schaffen. Das klappt immer.

Tja, den Heimflug-Plan konnte ich knicken. War nix.

Aber ich will auf keinen Fall hierbleiben! Irgendetwas musste mir einfallen!

Zuerst konnte ich vor lauter Ärger überhaupt nicht denken. Ich saß auf meinem Rucksack und war nur wütend. Nichts klappte. Paris war öde. Jim war gemein, Lukas machte sich über mich lustig und Justus war nicht da. Flippi, die miese Kröte, tat auch nichts für mich.

Als mir klar wurde, dass ich vor lauter Wut auf keine guten Ideen kam, hörte ich auf wütend zu sein und fing noch mal von vorn an nachzudenken.

Und schon war mir alles klar: Ich brauche Geld.

Wie kommt man an Geld ran?

Da fiel mir nur eine altmodische Methode ein: Man verdient es sich.

Also brauchte ich einen Job.

Kann ja wohl nicht so schwer sein. Das ist Amerika. Hier werden Tellerwäscher Millionäre. Auf geht's.

Ich fragte gleich am Flughafen nach, ob sie eine Tellerwäscherin brauchen können.

Konnten sie aber nicht. Die haben nämlich gar keine Teller. Weil es dort keine Restaurants gibt.

Der Flughafen ist zu klein. Es gibt einen Hot-Dog-Stand und einen kleinen Donut-Stand. Das war's. Die haben nur Servietten. Und von meinem Vorschlag, die Servietten für sie zu falten, waren sie nicht sonderlich begeistert. Dabei kann ich sogar Servietten-Schwäne und Bischofsmützen falten.

Na dann zurück. Nach Paris. Mit dem Bus.

Ich fand das irgendwie sehr romantisch. Wie im Film. Ich, so ganz alleine in Amerika mit Rucksack auf dem Rücken auf Jobsuche. Monumental. Das sollte Lukas mal sehen. Der wäre echt beeindruckt.

Ich ging in den Donutladen, in dem Rosita immer ihren Vorrat kauft. Eigentlich wollte ich mir nur einen Donut holen und überlegen, wo ich zuerst fragen soll, aber dann sah ich das Schild: Aushilfe gesucht.

Das nenn ich göttliche Fügung. Ich bot dem Besitzer an: »Ich kann sofort anfangen.«

Er war begeistert. »Großartig.« Hielt mir die Hand zum Einschlagen hin. »Drei Stunden pro Tag, drei Dollar fünfzig in der Stunde.«

Gerade wollte ich einschlagen, da hielt ich inne. Und rechnete. Dauerte etwas. Drei Dollar fünfzig? Da muss ich ja fast zwei Monate lang arbeiten, bis ich das Geld für mein Rückflugticket zusammen habe.

Nee, doch keine göttliche Fügung.

»Tut mir leid, aber gerade fällt mir ein, dass ich ja eine Donut-Allergie habe.«

Bevor der Ladenbesitzer etwas erwidern konnte, betrat plötzlich Rosita den Donutshop. »Hi, Joe, wie geht's? Ein Dutzend bitte.«

Ich strahlte Rosita gewinnend an. »Hi, Rosita.«

Sie runzelte nur die Stirn.

Ich fragte sie, ob sie mich mit zurücknimmt. Sie schüttelte den Kopf. Aber so schnell gab ich nicht auf. Ich kaufte vier Donuts, drückte sie Rosita in die Hand und lief neben ihr her, als sie zum Auto ging. Mit geheucheltem Interesse fragte ich sie, ob ihre Seifenoper-Heldin inzwischen ihrem Mann eigentlich gesagt hat, dass sie schwanger ist. Das war ein Schuss ins Blaue. Ich hatte keine Ahnung, ob jemand in der Serie schwanger war, aber irgendjemand ist immer schwanger in solchen Serien. Da liegt man selten daneben. Rositas Augen leuchteten auf: »Nein. Inzwischen ist sie im Krankenhaus und er glaubt immer noch, sie habe eine Blinddarmreizung. Dabei ist sie im achten Monat. Mit Vierlingen!«

Ich schüttelte erschüttert den Kopf und stieg ins Auto ein. »Und der Chefarzt der Klinik ist ihr im Krieg verschollener Vater?«

Rosita drehte sich zu mir um: »Aber nein! Ihr Vater ist doch der König von Burma! Aber das weiß sie noch nicht.«

Ich nickte mitfühlend und war froh, keine weiteren Fragen mehr stellen zu müssen, denn inzwischen fuhren wir schon Richtung Heimat.

Rosita fiel plötzlich auf, dass ich im Auto saß, und sie fragte etwas verärgert: »Was ist das eigentlich für eine Nummer, morgens mit Rucksack zum Flughafen, mittags mit Rucksack wieder zurück?«

»Das ist eine alte deutsche Tradition. In Deutschland macht man das jeden Dienstag. Seit es Flughäfen gibt. Es ist ein Opfergang für den Gott der verlorenen Koffer.«

Glaubte sie mir nicht.

Dann bot ich an: »Na gut, die Wahrheit ist: Ich war in Dallas. Hatte geschäftlich dort zu tun.«

Das glaubte sie sofort.

Tja, und jetzt sitz ich wieder hier rum. Zwischen Rüschenkleidern, weißen Säulen und Freund Lukas.

Dienstag, 10. August, abends

Ich brauch ganz dringend Kohle.

Wenn Shelly heimkommt, werde ich sie um Rat fragen. Sie hat bestimmt eine Idee.

Heute kam ein Fax von Flippi. Meine Mutter hat Flippi offensichtlich gezwungen, sich bei mir zu entschuldigen. Wieso eigentlich? Meine Mutter muss das falsche Eltern-Ratgeber-Buch gelesen haben.

»Liebe Josefine«, schrieb Flippi, »es tut mir leid, dass du mich immer in Schwierigkeiten bringst, aber das machst du ja nicht extra. Glaubt deine Mutter. Ich werde in Zukunft nicht mehr auf dich hören, dann bekommst du nicht mehr so viel Ärger. Ansonsten kannst du vielleicht ja auch mal nachdenken, bevor du mir gute Ratschläge gibst.

Hochachtungsvoll, Filipine.«

Mann, bin ich froh, dass ein Ozean zwischen uns liegt.

Mittwoch, 11. August

Shelly war gestern Abend total happy mich zu sehen und fragte, ob alles okey-dokey wäre.

Ich hab gesagt, logo. Ich bräuchte allerdings einen Job. Ich müsse dringend Geld verdienen. Sie wollte wissen, wofür.

Mir fiel nichts Besseres ein, als zu sagen: »Ich will Jims Ranch retten.«

Irgendwie hatte ich ein schlechtes Gewissen zuzugeben, dass ich das Geld für meinen Heimflug brauche.

Shelly schien erleichtert. »Ich hatte schon befürchtet, dass du dich in den nächsten Flieger setzt und abhaust.«

Was für ein absurder Gedanke! Wie kam sie denn darauf!

»Du warst so seltsam. Was war los mit dir?«

Eine leise Hoffnung keimte in mir auf. Vielleicht hatte ja wirklich niemand mitgekriegt, dass ich glaubte, Jim wolle mich heiraten. Na ja, niemand außer Lukas. Der blickte voll durch. Aber wenigstens hatten Shelly und die anderen keine Ahnung. Damit war die Blamage gar nicht so groß, wie ich dachte. Gott sei Dank.

»Ich hätte Jim sowieso nicht geheiratet.«

Shelly schaute mich verwundert an. »Was?«

Hups. Bin ich oberdämlich? Wieso konnte ich nicht einfach meinen Mund halten?!

Sie ließ nicht locker. »Jim wollte dich heiraten? Was ist denn das für eine absurde Idee?«

»Sag ich doch. Das ist eine völlig absurde Idee.«

Shelly wurde misstrauisch. »Und wieso hast du geglaubt, Betty Sue wäre seine Mutter?«

»Mir war von Anfang an klar, dass Betty Sue seine Freundin ist. Ich hatte mich nur versprochen.« Langsam wurde ich sauer. »Sag mal, willst du mit mir streiten?«

Shelly schüttelte den Kopf.

»Gut. Also treiben wir jetzt Geld für Jim auf oder nicht?!«

Shelly guckte noch einen Moment etwas zweifelnd, dann strahlte sie: »Okey-dokey. Ich bin dabei. Luke macht bestimmt auch mit.«

»Lass den aus dem Spiel. Kein Wort zu ihm. Ich will ihn nicht mehr sehen.«

Shelly zog die Augenbrauen in die Höhe, stellte aber keine weiteren Fragen.

Wir überlegten eine Zeit lang und entschieden uns dann, ein deutsches Sprachinstitut zu eröffnen. Shelly meinte, das müsse ein Riesenerfolg werden.

»Nur, wo soll das Sprachinstitut sein?«

Shelly schaute mich groß an. »Wo denn schon?! Natürlich hier!«

»Hier in deinem Haus?«

»Na klar.«

»Und was werden deine Eltern dazu sagen?«

»Nichts.«

»Nichts?«

»Jojo!«, meinte sie tadelnd.

Dann wurde mir klar: »Wir sagen es ihnen nicht?«

»Genau. Das Institut hat nur vormittags geöffnet, wenn meine Eltern nicht da sind.«

Logisch.

»Was ist mit Rosita?«

»Die schaffen wir weg.«

»Bitte?«

»Wir suchen ihr einen Job.«

»Aber sie hat doch schon einen Job. Hier bei euch.«

Shelly winkte ab. »Das hat Rosita längst vergessen, ich glaube, sie denkt, sie wohnt hier.«

»Joes Donutshop sucht eine Aushilfe.«

»Super.«

»Aber nur für drei Stunden.«

»Kein Problem, die haben einen Fernseher. Rosita wird sich nicht vom Fleck bewegen, bis die Talkshows zu Ende sind. Das gibt uns genügend Zeit.«

Shelly ist einfach brillant. Ab morgen haben wir sturmfreie Bude hier. Shelly wird im Städtchen Zettel verteilen mit unseren Öffnungszeiten.

Donnerstag, 12. August

Nix mit Deutschlernen für Amis. Shellys Mutter beschloss gestern Abend, mal für ein paar Tage zu Hause zu bleiben. Das war's dann mit unserem deutschen Sprachinstitut.

Und mit meinem Heimflug. Alles hin.

Nur meinen Liebeskummer hab ich noch. Dreifachen. Klasse, was?!

Und Lukas hängt Tag für Tag auf der Ranch rum. Das ist echt unkameradschaftlich. Wir versuchen hier etwas für Jim zu tun und Lukas drückt sich.

Shelly wollte mit Lukas reden, aber ich war dagegen. Lukas soll von alleine kommen. Wir laufen ihm nicht hinterher. Der wird ja wohl früher oder später merken, dass ich nicht mehr auf die Ranch komme.

Donnerstag, 12. August, mittags

Fax von Flippi.

Ohne Anrede.

»Du bist eine miese Schnarchnase! Noch nie was vom Briefgeheimnis gehört??? Wieso hast du Mami mein Fax vorgelesen? Blödeule!«

Ich habe sofort zurückgefaxt.

»Liebe Blödeule, vielen Dank für die Nachfrage, es geht mir spitzenmäßig gut hier. Jeden Tag bin ich auf einer Ranch, reite wilde Mustangs, sitze mit Cowboys nachts am Lagerfeuer, singe Cowboysongs und erlebe supertolle Abenteuer. Wie schön, dass es dir auch gut geht und du so aufregende Ferien hast.

Hochachtungsvoll, deine Lieblingsschwester Josefine.

PS: Dein blödes Fax hab ich Mami nicht vorgelesen. Du Torfnase hast es mit Sicherheit irgendwo rumliegen lassen, wo sie es finden konnte. Geschieht dir ganz recht!«

Das soll sie erst mal verdauen.

Freitag, 13. August

Shelly betüttelt mich. Ich merke es ganz genau.

Sie schleppt dauernd irgendwelche Jungs an und erzählt so ganz nebenbei, dass die noch frei wären.

Was soll das?!

Heute Nachmittag stand ich schlecht gelaunt in der Küche. Shellys Mutter hatte mich nämlich gefragt, ob ich denn nicht mal Lust hätte, etwas Deutsches für alle zu kochen. Hatte ich natürlich nicht. Da bin ich ganz die Tochter meiner Mutter – Küche ist ein unbekanntes Land für mich. Aber Shellys Mutter hat eine Art, ganz freundlich eine Frage zu stellen, und man weiß sofort, dass man keine Wahl hat. Es bleibt einem nichts anderes übrig, als genau das zu tun, was sie erwartet. Siehe Rüschenkleid. Ich kann es bis heute noch nicht glauben, dass sie es tatsächlich geschafft hat, mich in ein Rüschenkleid zu zwängen.

Ich sagte also brav: »Aber sicher doch. Wollte ich schon die ganze Zeit. Ich koche für mein Leben gern.« Und begab mich in die Küche.

Ich hatte gerade Zwiebeln geschält und in kleine Würfel geschnitten – keine Ahnung, wofür eigentlich –, da kam ein etwa zehnjähriger Knirps in die Küche geschlendert. Im Anzug und mit Schnurrbart. Zehn und mit Schnurrbart! Kam in die Küche, lehnte sich lässig an den Tisch und begann zu plaudern.

Er lobte die Bremer Suppe (meine Erfindung: da werden Fischstäbchen in Tomatenketchup ertränkt) und nahm einen kräftigen Schluck aus einem Glas Milch. Beim Trinken muss ihm wohl sein Schnurrbart abgefallen sein, der schwamm nun in der Milch. Das merkte er aber nicht, weil er zu sehr damit beschäftigt war, cool zu sein.

Wenn ich es nicht besser wüsste, würde ich sagen, er hat versucht, mit mir zu flirten. So genau konnte ich aber auch nicht drauf achten, weil ich dabei war, eine Dose Sauerkraut zu öffnen – keine Ahnung wofür, aber Sauerkraut ist ziemlich deutsch. Leider kenn ich mich in Küchen nicht so gut aus. Vor allem nicht in amerikanischen. Da ist alles vollautomatisch. Und das Gerät, das ich in die Hand nahm, um die Dose zu öffnen, war leider nicht der Dosenöffner, sondern ein kleiner Tischstaubsauger. Erst als ich aus Versehen alle Zwiebelwürfelchen vom Brett gesaugt hatte, merkte ich, dass es ein Mini-Power-Sauger war.

Der Winzknabe fing an, mir gute Ratschläge zu geben. Das konnte ich schon gar nicht gebrauchen. Ich bat ihn, aus der Küche zu verschwinden. Erstens bräuchte ich keine Hilfe und zweitens würde das Gesundheitsamt verbieten, dass sich Gäste in der Küche aufhielten.

Als er weg war, fragte Shelly neugierig, wie Hector mir gefallen hätte.

»Der Knirps?«, sagte ich nur. »Dieses Baby?!«

Shelly nickte und murmelte beim Rausgehen: »Zu jung.«

Kurz darauf tauchte sie mit dem Eismann im Schlepptau wieder auf. Der Eismann ist ein reizender, dicker, mittelalter Mann, der mit seinem Eiswagen durch die Straßen zieht. Wenn er mit seiner Glocke klingelt, dann stürmen alle Kinder auf die Straße, um bei ihm ein Eis zu kaufen.

Der Eismann zog artig seine Baseballmütze ab, sagte, er heiße Harry und ob er mich mal zu einer Pizza einladen dürfte.

»Pizza!?«, rief ich und meine Stimme klang leicht hysterisch. »Tolle Idee! Ist ja mal was ganz anderes!«

Harry zuckte erschrocken zusammen und guckte Shelly hilflos an.

Shelly klopfte ihm beruhigend auf die Schulter. »Ich danke dir trotzdem«, sagte sie leise zu ihm und brachte ihn raus.

»Und was ist mit Luke?«, fragte sie eine Weile später.

»Was soll mit ihm sein?«

»Wie gefällt er dir? Ich finde, er würde gut zu dir passen, was meinst du?«

»Sag mal, was geht hier eigentlich vor?« Ich wollte Antworten, keine Fragen. Und über Lukas wollte ich schon gar nicht reden. Was war das für eine Nummer mit dem Milchgesicht und dem Eismann?

Shelly rückte nicht so recht mit der Sprache raus.

Aber ich ließ nicht locker und schließlich murmelte sie: »Na ja, irgendwie dachte ich, du hast Pech mit Männern. Da wollte ich dir ein bisschen behilflich sein.«

Ich glaubte meinen Ohren nicht zu trauen. Wie kam sie denn darauf??! »Ich? Pech mit Männern? Pah! Mit wem denn bitte?«

»Na, mit diesem Justus. Mit Luke. Und dann auch noch Jim.«

»Du spinnst ja wohl total. Lukas finde ich voll ätzend, Jim ist viel zu alt für mich und Justus ist nicht mal hier! Außerdem interessieren mich Jungs nicht mehr. Das Thema habe ich abgeschlossen.«

»Glaub ich nicht.«

»Shelly, misch dich nicht in meine Angelegenheiten ein! Was denkst du dir eigentlich?!«

»Ich wollte doch nur …«

»Außerdem – ein zehnjähriges Baby und dann ein dickbäuchiger Opa?!«

Shelly murmelte betreten: »Ich hab es ja nur gut gemeint.«

Freitag, 13. August, abends

Als ich fertig war mit Aufräumen, war unser Abendessen verschwunden. Ich hatte es vor lauter Ärger leider auch »aufgeräumt«, sprich weggeschmissen.

Wo ist bloß der Pizza-Notruf?

Gut, dass Lukas das nicht mitgekriegt hat.

Ach, Lukas! Der könnte sich ja wirklich etwas mehr um mich kümmern. Nur weil ich zu ihm gesagt habe, er wäre an allem schuld und solle verschwinden, ist das noch lange kein Grund, mir aus dem Weg zu gehen. Er hat nur die Ranch im Kopf. Von morgens bis abends hängt er dort rum. Ich würde auch gerne wieder auf die Ranch gehen. Aber es ist mir alles so peinlich. Wegen Jim.

Hier ist es voll öde! Ich will heim! Zu Justus! Ach, ich hab so dollen Liebeskummer! Mir ist ganz elend.

Fax von meiner Mutter: »Wenn ihr beide nicht mit eurem ewigen Krieg aufhört, dann gebe ich euch zur Adoption frei.«

Oh Mann, diese Leier schon wieder.

Anruf von meiner Mutter: »Schätzchen, du weißt, dass ich das eben nicht so gemeint habe. Aber manchmal ist es mir echt zu viel mit euch beiden. Ich weiß mir keinen Rat mehr. Könnt ihr euch denn nicht vertragen? Und euch benehmen wie normale Kinder?«

»Das tun wir doch, Mami. Das ist normal. Es ist die Pflicht von Geschwistern, sich zu streiten und die Eltern damit zu nerven.«

»Geht's dir wirklich gut, mein Schätzchen?«

»Ja.«

»Fühlst du dich nicht einsam?«

»Nein.«

»Willst du heimkommen?«

»Auf keinen Fall.«

»Sollen wir kommen?«

»Um Gottes willen!«

»Na gut. Du würdest es mir doch sagen, wenn du Probleme hättest?«

»Sicher. Und grüß Flippi ganz herzlich von mir.«

»Gerne. Tschüs, mein Schatz. Ich hab dich lieb.«

Ich hab meine Mutter auch lieb. Sogar Flippi. Solange sie weit weg sind.

Ich hab noch mal über Shelly und die Sache mit den Jungs nachgedacht. Sie hatte es bestimmt nicht böse gemeint. Und eigentlich finde ich sie ziemlich nett.

Samstag, 14. August

Blöde Shelly.

Eben war ich bei ihr und wollte mit ihr reden. Aber sie war völlig kühl und abweisend.

Ich sagte: »Mann, du bist ja ganz schön down.«

Das war kein guter Anfang, Shelly war gleich auf hundertachtzig. »Auf dich kann ich verzichten. Kannst gerne wieder abhauen.«

Also bitte. So nicht. Nicht mit mir.

»Genau das hab ich auch vor. Und wenn es nach mir ginge, wäre ich schon längst wieder weg. Sobald ich Geld aufgetrieben habe, mach ich die Fliege.«

Shelly guckte mich erst sprachlos an, dann wütend. »Ach, so ist das. Von wegen Jim helfen. Du denkst nur an dich. Bitte, wenn du so dringend heimwillst, dann flieg doch gleich morgen früh. Ich kann es gar nicht erwarten, dich loszuwerden.«

»Würde ich ja tun, wenn ich Geld für mein Ticket hätte.«

Mit verächtlichem Blick wühlte Shelly in ihrer Sparbüchse rum und drückte mir ein ganzes Bündel Dollarscheine in die Hand. »Hier. Davon kannst du dir dein blödes Ticket kaufen.«

Au Backe, die Sache war echt aus dem Ruder gelaufen.

Wie in Trance nahm ich das Geld und ging aus dem Zimmer.

An der Tür drehte ich mich noch mal um. »Du brauchst nicht zu denken, dass ich mir von dir etwas schenken lasse. Sobald ich in Deutschland bin, schicke ich dir dein blödes Geld wieder zurück.«

Morgen bin ich weg. Hasta la vista. Adios amigos. Bye-bye for ever. Mir reicht's. Hab echt die Nase voll. Nichts kann mich umstimmen. Mein Entschluss steht fest.

Sonntag, 15. August

Das Leben steckt voller Überraschungen.

Als ich heute Morgen meinen Rucksack gepackt hatte und heimlich aus dem Haus schleichen wollte, stand Shelly mit Gironimo vor der Tür.

Ich erschrak. »Sag mal, spinnst du! Was ist, wenn deine Eltern dich sehen?«

»Das ist jetzt auch egal. Quatsch nicht so viel, steig auf. Ich hab dich hergebracht, ich bring dich wieder zurück. Weiß schließlich, was sich gehört.«

Also sind wir los. Kein weiteres Wort sprachen wir miteinander und ich fühlte mich irgendwie schlecht.

Am Flughafen band sie Gironimo wieder an einer Parkuhr fest. Wir wollten gerade ins Flughafengebäude rein, da durchfuhr mich ein freudiger Schreck: Lukas – das Objekt meines Liebeskummers. Auf Diabolo. Er band Diabolo ebenfalls an einer Parkuhr an, warf Geld ein und kam auf uns zu.

Ist er verrückt? Mit Pferd zum Flughafen? Pferd an der Parkuhr? Was soll das?

»Was soll das?«

Ich dachte, jetzt höre ich schon das Echo meiner eigenen Gedanken, aber dann legte Lukas mir die Hand auf die Schulter und rüttelte mich sanft. »Jojo, zieh hier keine Show ab.«

Er sagte das richtig nett und mir wurde ganz

heulig zumute. Lukas ist gekommen. Wie lieb von ihm. Aber bevor ich in Tränen ausbrechen konnte, fluchte Lukas plötzlich. »Verdammte Makrele, heute ist ja Sonntag, hatte ich ganz verschwitzt.« Er war etwas blass geworden und starrte auf den Flughafenausgang.

Da stand sein Vater.

Er entdeckte uns und kam freudig winkend auf uns zu. »Das ist ja eine Überraschung.« Er sah die Pferde. »Netter texanischer Empfang.« Er klopfte Lukas kumpelhaft auf die Schulter. »War lieb gemeint, aber ich nehme lieber ein Taxi.«

Lukas entspannte sich wieder. »Was machen die Geschäfte?«

Birkenschuh wiegte den Kopf. »Bin nicht zufrieden.« Dann musterte er mich. Eindringlich. Mit Röntgenaugen. »Schon wieder Liebeskummer?«, fragte er leise.

Ich stand wohl da wie ein Häufchen Elend.

»Ich? Nö!«, sagte ich schnell und lächelte. »Was für Geschäfte machen Sie denn?« Gutes Ablenkungsmanöver.

Birkenschuh lächelte. »Ich investiere Geld. Suche Erfolg versprechende Projekte, an denen ich mich beteiligen kann.«

Plötzlich ritt mich der Teufel. »Ich habe ein tolles Projekt. Da können Sie sich mit jeder Menge Geld beteiligen.« Und schnell fügte ich noch hinzu: »Und jede Menge Geld verdienen.«

Birkenschuh lachte. »Klingt ja hochinteressant. Worum handelt es sich denn?«

In sehr erwachsenem Ton sagte ich: »Wir suchen einen Partner für eine Gästeranch.«

»Eine Gästeranch?«, fragte Birkenschuh.

»Ja, eine Ranch, auf der …«

»Ich weiß, was eine Gästeranch ist. Kein Interesse. Aber danke für das Angebot.«

»Moment, nicht so schnell … wir … wir … sind voll im Trend. Das ist der Urlaub der Zukunft. Vergessen Sie Hawaii und Tahiti. Fahren Sie nach Paris auf eine Gästeranch.«

Er lachte noch lauter. »Ich sehe schon, du bist eine exzellente Geschäftsfrau, Jojo.«

Ich nickte. »Also? Kriegen wir Ihr Geld?«

Birkenschuh war sprachlos. Das ging zu schnell, ich musste einen Gang runterschalten. »Okay. Vergessen Sie das mit dem Geld. Aber die Ranch sollten Sie sich mal anschauen.« Wenn er erst mal die Ranch gesehen hatte, würde er sicher mit einsteigen.

Birkenschuh lächelte freundlich. »Das ist nicht meine Welt, Jojo.«

Dann wandte er sich an seinen Sohn. »Ich hab jetzt anderthalb Wochen Zeit. Überleg dir mal, was wir beide unternehmen können.«

»Wie wär's, wenn wir ein paar Tage auf einer Gästeranch verbringen würden?«, schlug Lukas mit unschuldigem Gesichtsausdruck vor.

Sein Vater wusste nicht, ob er sich ärgern oder lachen sollte.

»Eine Ranch, Pferde, Cowboys, Indianer, Wilder Westen. Würde dir bestimmt gefallen!«, fuhr Lukas fort.

Birkenschuh guckte seinen Sohn an. »Kann es sein, dass ich gar keine Wahl habe?«

Lukas nickte.

Birkenschuh seufzte. »Ich denke drüber nach. Jetzt will ich erst mal ins Hotel.«

»Wir kommen morgen vorbei«, teilte mir Lukas mit.

»Nein«, rief ich.

»Nein?« Lukas schaute mich erstaunt an.

Auch Birkenschuh schaute überrascht.

»Wir sind ausgebucht.«

»Sind wir?« Lukas stand auf der Leitung.

Birkenschuh lächelte zufrieden.

»Mitte nächster Woche sieht es besser aus.« Das war knapp. Lukas hatte verstanden. »Mein Vater freut sich schon.«

Birkenschuh gab sich geschlagen. »Okay.«

Lukas, Shelly und ich schauten uns triumphierend an.

»Hoffentlich bereue ich das nicht«, seufzte Birkenschuh.

Wir schüttelten die Köpfe.

Birkenschuh winkte ein Taxi heran und stieg ein.

Mein Herz klopfte ziemlich heftig. Weswegen

bloß? Birkenschuh? Lukas? Vielleicht war es mit Lukas doch noch nicht vorbei. Vielleicht fing es ja erst an? Immerhin war er ja extra zum Flughafen gekommen. Auf einem Pferd. Wie ein Königssohn auf einem Schimmel, um die Prinzessin zu retten.

Shelly zupfte mich am Ärmel und damit zurück in die Realität.

Ich drehte mich um.

Sie machte tellergroße Augen. »Jojo!«, sagte sie nur, und das klang fast vorwurfsvoll.

Erst mal wusste ich gar nicht, was sie meinte. Ich war ja mit meinen Gedanken noch bei Lukas. Aber dann konzentrierte ich mich und erinnerte mich an unser eigentliches Thema und sagte zu Shelly: »Klasse, was?«

»Jim hat überhaupt keine Gäste«, meinte Shelly.

»Tja«, sagte ich, »noch nicht. Wir engagieren einfach welche.«

»Wo willst du die herbekommen?«

»Aus Paris.«

»Kein Mensch aus Paris zieht freiwillig für ein paar Tage zu Jim auf die Ranch und spielt Gast!«

Ich überlegte. Mein Blick fiel auf die Dollarscheine in meiner Hand. Ich hielt Shelly das Geld unter die Nase.

»Auch nicht, wenn wir sie dafür bezahlen?«

Shelly grinste. Dann wurde sie ernst. »Ich dachte, du willst mit dem Geld nach Hause fliegen.«

»Pah, was denkst du denn von mir! Ich lass doch

meine Freunde nicht im Stich«, sagte ich wie selbstverständlich. »Das Geld ist außerdem so besser angelegt.«

Shelly strahlte mich an. »Danke.«

Ich fühlte mich echt gut und sagte: »Los, komm, wir haben jede Menge Arbeit. Auf zur Ranch.«

»Jim macht da niemals mit«, gab Shelly zu bedenken.

»Jim ist in Las Vegas«, erwiderte ich. Und mit etwas Überwindung fügte ich hinzu: »Das wird unser Hochzeitsgeschenk.« Das Wort »Hochzeit« wollte mir nicht so recht über die Lippen.

Lukas klopfte mir auf die Schulter und schaute mich ganz lieb an. »Das ist ja eine coole Nummer, Jojo. Du bist wirklich ein chaotisches Huhn.«

Mir wurde ganz schwindelig vor Aufregung. Lukas war ja richtig süß zu mir. Ich wartete einen Moment, ob er vielleicht noch etwas Romantisches sagen würde, und schaute ihn verliebt an.

»Echt.« Mehr sagte er nicht.

Hm. Romantischer wurde es nicht. Vielleicht sollte ich jetzt was sagen. Was Romantisches.

»He, mach ich gern. Du warst auch nicht schlecht.«

War nicht sehr romantisch, aber Lukas nickte wieder und schaute mir immer noch in die Augen.

Jetzt wurde mir ganz warm und meine Ohren klingelten. Chaotisches Huhn nannte er mich. Das war eindeutig eine Liebeserklärung.

»Steht da jetzt nicht so dumm rum. Wir müssen auf die Ranch«, rief Shelly.

Ach, Shelly, du Kind! Du hast ja keine Ahnung, was hier gerade passiert ist.

Sonntag, 15. August, abends

Mein Liebeskummer ist weg. Also der Lukas-Liebeskummer. Wie weggeblasen. Vom Winde verweht. Bin echt gut gelaunt.

Der Justus-und-Jim-Liebeskummer ist natürlich noch da. Aber ich hab kaum noch Zeit, daran zu denken.

Birkenschuh war zum Abendessen gekommen. Im Hotel hatte ihn Lukas dazu verdonnert, keinen Ton über die Ranch zu verlieren. Wegen Shellys Eltern. Seinem Vater passte das nicht, aber er versprach, zumindest heute Abend das Thema nicht anzuschneiden.

Shellys Mutter hatte mir ein neues Rüschenkleid rausgelegt. Ich hängte es über die Stehlampe. Als Lampenschirm machte es sich gut. Ich zog eins meiner Kleider an, bei denen meine Mutter immer sagt: »Das trägst du nur in Begleitung eines Erziehungsberechtigten.« Sind ja genug »Erziehungsberechtigte« da heute Abend.

Das Essen war super, verlief völlig ohne Peinlichkeiten. Dass ich mir aus Versehen die Butter auf die Hand statt auf das Brot geschmiert habe, zählt nicht. Hat keiner gesehen. Glaube ich zumindest. Das kam nur daher, weil Lukas mich länger als nötig anschaute und ich zurückgucken musste. Wenn Lukas nicht voll in mich verknallt ist, dann weiß ich auch nicht. Ach, er ist sooo süüüß.

Auf der Ranch ist alles klar.

Shelly versuchte heute Mittag Cyrill unseren Plan zu erklären. Cyrill schwieg.

»Findest du unsere Idee gut?«, fragte Shelly ihn.

»Nope«, sagte Cyrill.

»Machst du mit?«

»Yep«, meinte er und nagelte weiter an seinem Zaun rum.

Okay, alles easy. Es kann losgehen.

Cyrill und Lukas fingen sofort an, die Ranch herzurichten, und Shelly und ich engagierten unsere Gäste-Schauspieler: Joe vom Donutshop, Mrs Johnson vom Gemeindehaus, Harry, den Eismann, und Hector, den zehnjährigen Knirps mit dem Schnurrbart. Ich sagte ihm aber gleich, er könnte die Schnurrbart-Nummer vergessen. Er solle den Sohn vom Eismann spielen. Einen zehnjährigen Langweiler. Dann müsse er sich noch nicht mal verstellen. Er solle einfach ganz er selbst sein.

Hector strahlte mich dankbar an. »Du findest mich langweilig?«, fragte er glücklich, als hätte ich gesagt, ich fände ihn oberklasse.

Ich verzog nur das Gesicht.

Als ich gehen wollte, lief er hinter mir her, strahlte mich mit verliebten Fischaugen an und meinte: »Jugendlicher Liebhaber ist aber meine bessere Rolle.«

Ich war ziemlich genervt.

Ein Problem gab es dann allerdings doch noch. »Wir haben keine Köchin«, rief Shelly.

Ich war empört und meinte: »Was heißt, wir haben keine Köchin? Was ist denn mit mir?! Hab ich nicht neulich für euch gekocht?«

»Ja, und anschließend sind wir alle Pizza essen gegangen.« Stimmte leider.

Ich kicherte und sagte: »Schade, dass meine Mutter nicht hier ist. Keiner kocht wie sie.«

Shelly lachte nicht. Kein Wunder. Sie konnte das natürlich nicht verstehen. Sie weiß ja nicht, dass meine Mutter einen Schneebesen für ein Kehrgerät hält, womit man im Winter die Straßen freifegt.

Jetzt liege ich sehr zufrieden in meinem Bett. Abgesehen davon, dass das ein Heidenspaß wird, ist es schon fast eine gute Tat. Ich bin sehr stolz auf mich.

Und ich bin ziemlich verliebt in Lukas.

Er ist so süüüß, großartig, einmalig und echt begabt. Er kann einfach alles. Also, zum Beispiel … reiten. Und Zäune reparieren. Und so. Das sag ich jetzt ganz neutral, und nicht, weil ich Lukas gut finde. Ich bin ziemlich sicher, Cyrill findet Lukas auch prima.

Kein Brief von zu Hause. Gut so. Keine Nachricht ist 'ne gute Nachricht.

Montag, 16. August

Bin völlig erschöpft.

War ein echt anstrengender Tag.

Ich versuchte die Ranch-Gäste einzuweisen und ihnen zu erklären, wie man sich als Gast benimmt.

Mrs Johnson hat kein Talent zum Gast. Hat sie selbst gesagt. »Also, ich war noch nie in meinem Leben irgendwo Gast. Ich helfe immer mit. Ich kann nicht müßig sein und die Hände in den Schoß legen.«

Was macht man mit einem solchen Gast?

»Wollen Sie es nicht wenigstens einmal versuchen?« So schwer kann Nichtstun doch nicht sein! Ich konnte das schon als kleines Kind. Und meine Schwester Flippi sowieso.

»Ich bezahle Sie auch dafür!«

Nun war Mrs Johnson empört. »Also, das kommt

ja wohl überhaupt nicht infrage. Anderen zu helfen ist eine Gottespflicht. Steck das Geld wieder ein.«

Mrs Johnson hatte das Konzept einfach nicht kapiert.

»Dann tun Sie in Gottes Namen einfach so, als wären Sie hier zu Hause, und führen Ihr ganz normales Leben weiter.«

Mrs Johnson dachte kurz darüber nach. Dann meinte sie tapfer: »Ich glaube, das kann ich.«

Ich war sehr erleichtert.

Aber nicht lange. Nachmittags war ein Riesenrummel im Haupthaus. Mrs Johnson hatte den Bingo-Nachmittag der Kirche einfach hier auf die Ranch verlegt. Und Dutzende von alten Ladys strömten in unser großes Esszimmer.

Ich steckte den Kopf zur Tür rein und fragte entsetzt, was denn hier vor sich gehe.

Mrs Johnson winkte mir freundlich zu und rief: »Ihr kriegt zehn Prozent vom Umsatz.«

Ich erkundigte mich bei Cyrill, ob er das in Ordnung fände.

»Nope«, sagte er.

»Wollen wir zwanzig Prozent?«

»Nope!« Das klang ausgesprochen missbilligend.

»Soll ich Mrs Johnson bitten, die Bingo-Damen heimzuschicken?«

»Yep«, sagte Cyrill.

Ich wollte mit Mrs Johnson reden, musste aber

warten, weil sie gerade eine neue Runde Bingo angefangen hatten. Und weil mir langweilig war, ließ ich mir das Spiel erklären.

Als ich gerade Bingo rufen wollte, kam Cyrill rein. Mann, war mir das peinlich.

»Es ist nicht so, wie es aussieht«, sagte ich schnell.

»Nope.«

»Ich rede jetzt mit Mrs Johnson.«

»Yep.« Cyrill blieb hinter mir stehen.

Ich hatte keine Wahl. Also begann ich stotternd: »Wissen Sie, Mrs Johnson, Bingo ist ja ein Glücksspiel. Und das können wir auf einer Ranch nicht dulden. In einer Kirche ist das was anderes, weil …«

Ja, weswegen eigentlich? Keine Ahnung. Also ließ ich den halben Satz so im Raum stehen und wartete ab.

Mrs Johnson schaute mich mit großen Augen an. »Kein Bingo?«

»Kein Bingo.«

»Aber was soll ich denn tun? Ich will mich nützlich machen. Sonst gehe ich nach Hause«, drohte sie.

»Kochen«, rief ich in meiner Verzweiflung. »Sie könnten für uns kochen.«

»Oh, wunderbar. Für das leibliche Wohl anderer Menschen sorgen. Das wollte ich schon immer. Ich hab noch nie für mehr als eine Person gekocht.«

Mich überkam gerade ein Anflug von Reue, dass ich Mrs Johnson so leichtfertig die Küche versprochen hatte, da war sie auch schon verschwunden und man hörte sie auf der ganzen Ranch laut und fröhlich Kirchenlieder singen.

Joe vom Donutladen wollte sich ebenfalls nützlich machen und bot an, einen Donutstand auf der Ranch zu eröffnen. Aber das fanden Shelly und ich nicht so gut. Auch Cyrill sprach ein entschiedenes: »Nope.«

Harry, der Eismann, kam mit seinem Eiswägelchen angetuckert. Ich riss entsetzt die Augen auf. Wenn Birkenschuh den Eiswagen sieht, glaubt der doch nie im Leben, dass Harry ein von weit her angereister reicher Gast ist. Harry stammelte, es täte ihm leid, aber er habe kein anderes Auto. Na gut.

So oft steht der Eiswagen gar nicht auf der Ranch. Denn Harry schleicht sich meist davon, um seine Eisrunden zu drehen. Und Hector hat offensichtlich als Aushilfe bei ihm angeheuert. Der fehlt nämlich auch immer, wenn der Eiswagen weg ist.

Hector ist total begeistert. Er findet es voll cool, den Sohn des Eismannes zu spielen, und hat gleich sämtliche Eissorten auswendig gelernt, weil er später das Geschäft seines Vaters übernehmen will. Behauptet er.

Wir sind hier alle etwas genervt von ihm, weil er seine Rolle so ernst nimmt, dass er auch vor uns ständig »Papa« zu Harry sagt.

Harry findet das ganz in Ordnung. Er meinte, er habe sich schon immer einen Sohn gewünscht. Und es ginge klar, dass Hector seinen Eiswagen kriegt, wenn er sich zur Ruhe setzt.

Ich habe den beiden noch mal erklärt, warum sie überhaupt hier sind und was wir vorhaben. Aber die beiden waren so damit beschäftigt, Vater und Sohn zu spielen, dass sie mir gar nicht zugehört haben.

Hoffentlich geht das gut.

Montag, 16. August, abends

Wir waren mit Shellys Eltern chinesisch essen. Alle kriegten die Stäbchen-Nummer prima hin, nur ich nicht. Wollte ich aber nicht zugeben. Hab gesagt, meine Mutter hätte mir verboten, mit Stäbchen zu essen. Aus religiösen Gründen. Haben alle geschluckt. Nur Lukas nicht. Der grinste.

Also ich muss schon sagen, manchmal wächst man wirklich über sich hinaus. Jetzt, wo ich diese wichtige Aufgabe mit der Ranch habe, bin ich richtig gut. Echt. Ich bin selbst ganz beeindruckt von mir.

Heute Mittag saß ich zufrieden auf dem Zaun vom Korral und kaute auf einem Grashalm herum. So ganz cowboymäßig. Ich dachte, wenn Lukas jetzt vorbeikommt, findet er mich bestimmt total cool. Aber Lukas steckte den ganzen Tag mit Cyrill zusammen und reparierte irgendwas. Ist schon in Ordnung, dass er seine Aufgabe so ernst nimmt. Ein anderes Mädchen wäre jetzt vielleicht sauer, dass er sich nicht um sie kümmert. Aber ich habe Verständnis für ihn.

Dafür kam Hector. Er war voll beeindruckt, setzte sich neben mich und schmalzte mich an: »Du machst das hier alles echt großartig. Hast alles voll super im Griff.«

Zur Belohnung lächelte ich ihn an.

Das deutete er falsch. Er rückte ein Stück näher und versuchte, seinen kleinen zehnjährigen Arm um meine erwachsenen dreizehnjährigen Schultern zu legen.

Ich boxte ihn in die Rippen und er fiel vom Zaun. Dummer Kerl.

Wenn Lukas sich ein bisschen mehr um mich kümmern würde, hätte ich nicht dauernd dieses Zwergenhirn an der Backe.

Oh Mann, ich hatte ja ganz vergessen, Liebeskummer zu haben. War einfach zu viel los. Na ja, morgen ist auch noch ein Tag.

Dienstag, 17. August

Wir brauchen eine andere Köchin. Mrs Johnson kocht zwar fleißig, aber leider immer nur für eine Person und wir müssen schichtweise essen. Das ist voll der Stress. Wenn man Pech hat, so wie ich (wer sonst!), ist man für die zehn Uhr dreißig Frühstücksschicht eingeteilt und um elf Uhr fürs Mittagessen. Als ich Mrs Johnson darauf aufmerksam machte, meinte sie nur: »Wie praktisch, Jojo, da kannst du gleich sitzen bleiben.«

Außerdem nippt sie beim Kochen immer am Kochsherry und ist dann einfach zu glückselig und torkelig.

Ich war fast am Verzweifeln deshalb, da sagte Shelly: »Keine Panik. Ich hab bereits eine andere Köchin engagiert.« Super.

Mrs Johnson nahm ihre Kündigung gut gelaunt hin – das hatten wir wohl dem Kochsherry zu verdanken.

Tapfer versprach sie, ab jetzt Gast zu sein.

Bis die neue Köchin eintrifft, müssen wir uns nun also wohl oder übel selbst versorgen.

Ich packte zum Mittagessen zwei Sandwiches ein und machte mich auf die Suche nach Lukas. Er führte gerade die Pferde auf die Weide. Malerisch platzierte ich mich auf dem Zaun und bot ihm ein Sandwich an.

»Tut mir leid«, sagte er, »keine Zeit. Ich muss zu Cyrill.«

Weg war er und fünf Minuten später sah ich ihn mit Cyrill die Ställe ausmisten.

Klasse! Mist ist also interessanter als ich.

Lukas' Sandwich verfütterte ich an die Vögel.

Cyrill fuhr Shelly nach Paris. »Um noch etwas abzuholen«, wie Shelly sich ausdrückte. Dabei sah sie mich übermütig an. Keine Ahnung, wieso.

Zwei Stunden später

Ich kann's immer noch nicht fassen. Ich hab den ultimativen Schock überlebt.

Also: Die Ranch sah langsam richtig gut aus.

Harry hatte mit seinem »Sohn« eine Vater-Sohn-Aktivität ins Leben gerufen und kam stolz mit dem Ergebnis zu uns. Die beiden hatten ein großes Schild aus Holz gefertigt, auf dem »Willkommen auf der Paris-Ranch« stand. Wir fanden es alle super und hängten es gemeinschaftlich auf.

Ich stand gerade auf der Leiter und nagelte, was das Zeug hielt, da hörte ich ein Auto. Shelly und Cyrill kamen zurück.

Doch nicht alleine: Aus dem Auto stiegen eine Dame und ein Kind.

Ich freute mich schon, dachte, hey, die ersten echten Gäste. Doch als die beiden näher kamen, fiel ich vor Schreck von der Leiter.

Gott sei Dank fing Harry mich auf.

Hector versuchte mich wieder zu beleben. Mund-zu-Mund-Beatmung. Blödmann! Ich boxte ihm auf die Nase und zeigte ihm damit, wie lebendig ich schon wieder war.

Die beiden Neuankömmlinge waren niemand anderes als meine chaotische Mutter und meine nervige Schwester.

Was ist denn nun los? Ich hatte Justus angefordert, nicht meine Mutter und meine Schwester. Die hatten mir gerade noch gefehlt. Man sollte Flippi den Zauberbären wegnehmen.

»Das gibt's doch nicht«, krächzte ich mühsam, nachdem Harry mich wieder auf die Beine gestellt hatte.

Meine Mutter küsste mich. »Hallo, Jojo-Schätzchen.«

Wie peinlich!

Dann grinste sie. »Ich bin die neue Köchin.«

»Is' nicht wahr!«

Meine Schwester krähte: »In was für einem Schlamassel steckst du denn schon wieder?!«

»He, du hast mein T-Shirt an«, beschwerte ich mich. Ist doch nicht zu fassen, kaum bin ich außer Landes, da geht die Kröte einfach an meinen Schrank und bedient sich!

»Bist du eh längst rausgewachsen, Torfnase!«

Klasse, ich fühlte mich gleich wieder wie zu Hause.

Ich kann's einfach nicht fassen. Wer rechnet auch im fernen Amiland damit, plötzlich seiner Mutter gegenüberzustehen?

»Wie seid ihr denn hierhergekommen?«

Flippi strahlte und hob ihren Zauberbären in die Höhe. »Na wie wohl?!«

Dienstag, 17. August, nachmittags

Doch der Zauberbär hatte damit gar nichts zu tun. Das war eine reine Shelly-Aktion: Sie hatte sich die Kreditkarte ihres Vaters »ausgeborgt«, telefonisch zwei Flugtickets für meine Mutter und Flippi bestellt und die beiden einfliegen lassen. Alles, ohne mir ein Sterbenswörtchen zu sagen. Und damit meine Mutter auch wirklich kam, schickte sie ihr ein Telegramm, in dem stand, ich sei in Schwierigkeiten.

Na klar, dass meine Mutter daraufhin gleich ins nächste Flugzeug gesprungen ist.

Wie sich dann herausstellte, war sie zwar ins Flugzeug gesprungen, hatte dabei aber ihren Koffer auf dem Flughafen stehen gelassen. Sie sagte leichthin: »Kein Beinbruch, ich leih mir was von Flippi aus.«

»Tut mir leid, geht nicht. Ich hab keine Kleider dabei.«

»War ja auch nur ein Scherz. Bin nur froh …« Meine Mutter stockte plötzlich und mit schriller Stimme fragte sie Flippi: »Was soll das heißen, du hast keine Kleider dabei?«

»Ich hatte keinen Platz mehr in meinem Koffer«, meinte Flippi.

»Warum nicht?«

»Wegen meiner Schneckenzucht.«

»Flippiiiiii!« Meine Mutter schrie lange und anhaltend.

Tja, so eine Schneckenzucht ist natürlich etwas, das bei keiner Reise fehlen darf.

Sie ließ sich von Cyrill gleich ins nächste Geschäft fahren und kleidete sich und Flippi notdürftig ein. Stilrichtung: frühes Polyester.

Shelly hatte meine Mutter über unsere Pläne mit der Ranch informiert und meine Mutter versprach mitzumachen und ihre Rolle richtig gut zu spielen. Sogar ganz ohne Honorar.

Flippi dagegen verlangte sofort die doppelte Gage. »Also, wenn ihr Schauspieler aus dem Ausland einfliegen lasst, dann müsst ihr auch bereit sein, etwas mehr als das Übliche springen zu lassen.«

»Du spinnst ja wohl. Du kriegst keinen Cent.«

Meine Mutter mischte sich schnell ein und

meinte: »Flippi kann sich ganz bestimmt nützlich machen. Wir finden schon etwas, was ihrer Begabung entspricht.«

»Welche Begabung? Leute die Wände hochzutreiben? Chaos zu verursachen?«

Meine Mutter sah mich mit ihrem »Lass-die-Kleine-in-Ruhe-Blick« an.

Flippi erklärte sich bereit, den Pferden Kunststücke beizubringen. »Das kann ja wohl nicht schwerer sein, als Schnecken zu dressieren.« Sie warf sich in die Brust: »Darin hab ich Erfahrung. Schließlich hab ich eine Schneckenzucht. Und wir hatten schon jede Menge Auftritte.«

Ich machte gerade den Mund auf, um was zu sagen, da traf mich ein Blick meiner Mutter und ich war still.

Pah, Auftritte. Flippi hatte sich nachmittags mal in die Fußgängerzone gesetzt und mit ihren Schnecken Wettrennen veranstaltet. Sie hatte sogar Leute dazu gebracht, auf ihre Schnecken zu wetten, und damit echt Kohle gemacht.

Ein Polizist brachte Flippi später heim und hielt meiner Mutter eine Standpauke. Meine Mutter nickte ergeben, und als der Polizist weg war, nahm sie Flippi in den Arm, lachte und sagte: »Du bist ja wirklich unbezahlbar.«

Dann fiel ihr wieder ein, dass sie ja eine Erziehungsfunktion hat, sie wurde ernst und meinte: »Mach das nicht wieder.«

Flippi meinte unbeeindruckt: »Ich versuche dran zu denken.«

Die Nummer hätte ich mir mal erlauben sollen. Meine Mutter hätte mich enterbt. Also nicht dass es bei uns etwas zu erben gäbe. Aber sie hätte es trotzdem getan. Symbolisch sozusagen.

Shelly verstand nicht besonders viel, weil Flippi ja deutsch sprach, aber sie war hellauf begeistert von meiner Schwester.

Flippi verstand natürlich auch nicht, was Shelly sagte, aber auch das war kein Problem. Flippi war sofort klar: Wenn sie hier Spaß haben will, muss sie sich an Shelly halten.

Shelly schnappte sich Flippi, Flippi schnappte ihren Schnecken-Koffer, und die beiden dackelten ab. Ich wusste nicht genau, ob sie jetzt Pferde oder Schnecken dressieren oder den Schnecken Reiten beibringen wollten, aber was auch immer sie machen würden, es konnte nicht gut gehen.

Ich guckte meine Mutter an. »Du kannst Flippi doch hier nicht frei herumlaufen lassen.«

»Sie kommt schon zurecht. Mach dir keine Sorgen um sie.«

Ich machte mir keine Sorgen um Flippi. Ich machte mir Sorgen um alle anderen!

Ich wollte meiner Mutter einen langen Vortrag halten, aber sie würgte mich einfach ab und meinte: »Jojo, fang nicht schon wieder an. Lass

Flippi in Ruhe. Zeig mir lieber mal, wo die Küche ist.«

Ich schnaubte. Allerdings. Die muss ihr jemand zeigen. Eine Küche findet meine Mutter bestimmt nicht alleine. Würde sie auch nicht erkennen. Nicht mal, wenn sie in einer Küche stehen würde und ein Kochtopf ihr in die Nase beißen würde.

Dienstag, 17. August, abends

In der Küche inspizierte meine Mutter alles und stellte empört fest, dass nur frische Lebensmittel da waren. Alles in seiner Ursprungsform. Jede Menge Gemüse, Fleisch, Kartoffeln, verschiedene Gewürze und so, wie das eben in normalen Küchen üblich ist. Aber wenn meine Mutter keine Konservendosen hat oder Fertiggerichte mit Anleitung, ist sie völlig aufgeschmissen.

Sie guckte sich um und meinte: »Damit kann ich nichts anfangen. Ich muss einkaufen gehen.« Ja klar, Dosen und Tiefgefrorenes.

Als Shelly später all die amerikanischen Fertiggerichte sah, die meine Mutter mit glänzenden Augen in die Küche schleppte, gab sie vorsichtig zu bedenken, unsere Gäste würden von einer deutschen Köchin vielleicht deutsche Hausmannskost erwarten.

Aber das beeindruckte meine Mutter gar nicht weiter. Sie meinte: »Kein Problem, ich gebe einfach allen amerikanischen Fertiggerichten deutsche Namen.« Damit war für sie die Sache erledigt.

Da hat auch Shelly zum ersten Mal an den Kochkünsten meiner Mutter gezweifelt.

Nach langer eingehender Beratung beschlossen Shelly und ich, Mrs Johnson als zusätzliche Köchin in die Küche zurückzuholen.

Allerdings brachten wir vorher den Kochsherry in Sicherheit.

Birkenschuh kann kommen, wir sind gerüstet.

Lukas will auf die Ranch übersiedeln. Er meinte, dann wäre er immer zur Stelle, wenn Cyrill ihn bräuchte.

»Du könntest doch auch auf die Ranch ziehen. Sind doch genug Zimmer frei«, schlug Lukas mir vor.

Erst wollte ich begeistert Ja rufen, aber dann fiel mir wieder ein, wie wenig Zeit Lukas für mich hat und dass er ständig mit Cyrill rumhängt. Deshalb sagte ich nur: »Mal sehen.«

Lukas hat nicht weiter gedrängt und ist wieder zu Cyrill. Sein Pech!

Ich wollte gerade hinter Lukas hergehen und ihm die Chance geben, mich doch noch zu überreden, da zog mich Shelly beiseite: »Wir müssen ein anderes Betätigungsfeld für deine Mutter finden.

Sie setzt Mrs Johnson Flausen in den Kopf. Erzählt was von Pizza-Service und Tiefkühlkost. Sie muss aus der Küche raus. Hat deine Mutter irgendein besonderes Talent?«

Es war mir peinlich, aber mir fiel nichts ein.

»Wovon lebt ihr eigentlich?«

»Meine Mutter arbeitet beim Theater. Sie entwirft und näht Kostüme. Sie kann aus einem alten vergammelten Stück Vorhang ein erstklassiges Abendkleid nähen. Und oft genug müssen Flippi und ich so was dann auch tragen. In die Schule. Ich wurde zweimal nach Hause geschickt, um ›anständige‹ Sachen anzuziehen.«

He, das war die Idee! Alles, was wir brauchen, ist ein Schwung alte Kleider, Kostüme, von mir aus auch Vorhänge, und meine Mutter ist in ihrem Element. Sie kann uns Westernkleider nähen. Coole cowboymäßige Outfits. Das wird Birkenschuh beeindrucken. Und meine Mutter ist beschäftigt und stellt nichts Dummes an.

Übrigens habe ich mich entschieden, auch auf der Ranch zu wohnen. Also das hat jetzt echt nix mit Lukas zu tun. Ich dachte, ich muss das meiner Mutter zuliebe machen. Die will ja ihre Töchter um sich haben.

Flippi fragte mich, was denn mein Liebesleben mache.

»Nichts, dank dir. Hatte dir doch geschrieben, du sollst mir Justus herzaubern.«

»Ach«, tat sie ganz überrascht, »hattest du das ernst gemeint?«

»Sumpfeule!«

»Ich tu's.«

»Ehrlich?«

»Für fünf Euro!«

»Vergiss es.«

Mittwoch, 18. August

Flippi kam heute frühmorgens an mein Bett, weckte mich unsanft und meinte, sie habe eine echt tolle Überraschung für mich. Ich wollte es eigentlich gar nicht wissen, aber weil sie keine Ruhe gab, bin ich dann doch aufgestanden.

Flippi führte mich nach draußen und erzählte eine lange Geschichte. In Kurzform geht die Geschichte so: Flippi wollte was besonders Nettes für mich tun, also hat sie Justus hergezaubert. Hierher, nach Texas.

Mann, ich bekam sofort ein ganz schlechtes Gewissen. Ich habe in den letzten Tagen echt nicht mehr an Justus gedacht. Ich hatte sogar vergessen, dass ich ja eigentlich Liebeskummer habe. War mir total unangenehm. Aber als ich hörte, dass Justus hier ist, war ich natürlich oberhappy. Flippi ist echt süß. Ich drückte sie.

Sie boxte mir auf den Arm und sagte: »Lass das.«

Dann fiel mir unser Gespräch von gestern Abend ein: »Ich zahl aber keine fünf Euro.«

Flippi winkte ab. »Nee, musst du auch nicht. Aber mach jetzt die Augen zu.«

Ich war misstrauisch, tat es aber.

Flippi holte tief Luft und druckste rum: »Ist nämlich irgendwie was schiefgelaufen. Justus sieht leider nicht mehr ganz so aus wie früher.«

»Bitte?«

»Also entweder hat mein Zauberbär echt einen Defekt oder ich war nicht so ganz konzentriert beim Wünschen.«

»Was soll das heißen?«

»Mach jetzt die Augen auf, aber erschreck dich nicht, wenn du ihn siehst.«

Ich riss sofort die Augen weit auf, aber da war kein Justus.

Flippi wirkte echt zerknirscht: »Er sieht etwas anders aus.« Sie deutete ins Gras.

»Da ist niemand«, sagte ich, »bloß ein Waschbär.«

Flippi nickte schuldbewusst. »Genau. Tut mir echt leid.«

»Was?«

»Das mit Justus.« Sie deutete auf den Waschbären.

»Wovon redest du?«

»Vielleicht kann ich ihn ja wieder zurückverwandeln.«

»Bitte?«

Flippi versuchte mir im Ernst zu erklären, dass sie Justus für mich herbeigewünscht hätte, und als sie fertig war mit Wünschen, stand der Waschbär da. Kleine Panne. Und es wäre ihr nicht gelungen, Justus wieder zurückzuverwandeln.

»Und was machen wir jetzt?«, fragte ich sie.

»Nicht wir. Du. Du musst den Waschbären küssen. Dann verwandelt er sich bestimmt wieder in Justus.«

»Du hast ja wohl nicht alle Tassen im Schrank«, sagte ich und ließ Flippi stehen.

Ich hasse meine Schwester. Sie ist echt dämlich.

Eine Stunde später

Als ich später zum Frühstück gehen wollte, war der Waschbär immer noch da. Ich wurde unsicher. Weit und breit war niemand zu sehen. Ich setzte mich ins Gras und rief leise: »Justus.« Der Waschbär blickte auf und trippelte auf mich zu. Mir wurde ganz schlecht vor Schreck. Oh Gott, es stimmt also. Flippi, diese Schusselhexe, hat Justus verzaubert. Was sollte ich bloß tun? Ich geriet immer mehr in Panik. Vielleicht hat Flippi recht und ich muss ihn küssen. Ich blickte mich noch mal um, keiner da. Okay, ich tue es. Ich legte mich also auf den Boden, spitzte die Lippen zum Kuss und rief immer wieder leise lockend: »Justus … Justus … Justus.«

»Josefine!«, donnerte es da plötzlich hinter mir.

Oh nein! Meine Mutter!

»Josefine, was soll der Blödsinn!«

Vor lauter Schreck sagte ich die Wahrheit: »Ich versuche, den Waschbären zu küssen, damit er sich in Justus verwandelt.«

Meine Mutter blickte mich verwirrt an: »Sag das noch mal. Ganz langsam. Zum Mitschreiben.«

»Das ist Justus! Flippi hat Justus aus Versehen in einen Waschbären verwandelt.«

»Aber sicher, Jojo. Und ich bin die gute Fee, die dich gleich in einen hundertjährigen Tiefschlaf versetzt.« Meine Mutter zog mich in die Höhe und verscheuchte den Waschbären. Währenddessen fragte sie den Himmel, wofür Gott sie denn strafe.

Ich war dann doch etwas verunsichert, weil meine Mutter so gar nicht davon zu überzeugen war, dass hier im Gras ein verwunschener Justus hockte.

Dann zitierte sie Flippi herbei und hielt uns beiden einen langen Vortrag.

Ich fühlte mich ziemlich mies und war richtig sauer auf Flippi. Sie hat wirklich ein Spatzenhirn und ich falle auch noch drauf rein.

Flippi unterbrach meine Mutter nach kurzer Zeit sehr höflich: »Ich würde dir ja gerne noch länger zuhören, Mami, aber ich bin mit Shelly verabredet und ich möchte Shelly nicht warten lassen. Das würde einen schlechten Eindruck machen. Schließlich bin ich stellvertretend für alle Schnecken züchtenden Mädchen aus Deutschland hier. Und wir wollen doch nicht, dass die Amerikaner einen schlechten Eindruck von Schnecken züchtenden deutschen Mädchen bekommen, oder?«

Meine Mutter war wieder mal sprachlos.

Flippi drückte meine Mutter schnell und meinte freundlich zu ihr: »Ich bin sicher, du hast absolut recht, Mami. Lass uns heute Abend weiter darüber reden.« Und damit machte sich meine kleine Schwester aus dem Staub.

Meine Mutter blickte mich noch einmal durchdringend an: »Mach so was nie wieder. Du hast mir wirklich einen Schrecken eingejagt!« Dann wurde sie ganz milde. »Jojo-Schätzchen, du kannst doch über alles mit mir reden. Hast du Probleme?«

Oh nein, nicht diese Nummer. Gleich musste ich sie wieder trösten und ihr sagen, dass sie nicht versagt hat als Mutter, dass sie alles richtig gemacht hat und dass wir nicht darunter leiden, dass wir ohne Vater aufgewachsen sind. Dazu hatte ich jetzt wirklich keine Nerven.

»Mami, es ist alles in Ordnung. Ehrlich. Und jetzt muss ich frühstücken.«

Ich wollte gerade los, da sah ich, wie jemand langsam vom Zaun runterstieg und wegging.

Lukas! Verdammt. Er hatte die ganze Zeit auf dem Zaun gesessen und das jämmerliche Schauspiel beobachtet. Verflixt, das ist ja zum Sterben peinlich. Ich wartete darauf, dass er sich umdrehte und mir etwas Vernichtendes zurufen würde. Aber nichts. Er ging einfach weg.

Das irritierte mich noch mehr.

Mittwoch, 18. August, mittags

Lukas war nicht beim Frühstück. Ich fragte Cyrill, ob er wisse, wo Luke sei.

»Nope.«

Fünf Minuten später erschien Shelly anklagend in der Küche. »Was hast du mit Luke gemacht?!«

»Nichts! Ehrlich. Wieso?« Panik stieg in mir auf. Hoffentlich hatte Flippi ihn nicht auch in einen Waschbären verwandelt. »Was ist mit ihm?«

»Er hat total miese Laune.«

Ich war erleichtert. »Ja und?«

»Tu was dagegen!«

»Ich?! Wie käme ich denn dazu?«

»Du mit deinem Er-liebt-mich-er-liebt-mich-nicht-Spiel versiebst uns noch die ganze Schose …«

»Also hör mal, das ist doch wohl …«

»… wir brauchen das Geld von seinem Vater«, unterbrach mich Shelly.

»Was hat das denn mit mir zu tun?«

»Du machst ihm schlechte Laune. Bring das wieder in Ordnung.«

»Ich mach gar nichts. Ich finde Lukas doof und er mich auch!«

Ich ließ Shelly einfach stehen und ging aus dem Zimmer. Aber irgendwie lief ich in die falsche Richtung. Ich musste abrupt umdrehen und wieder an Shelly vorbei. Ansonsten wäre ich in den Wandschrank marschiert.

Ich hatte doch echt nichts getan. Nichts Außergewöhnliches. Ich hatte versucht, einen Waschbären zu küssen. Na und? Das wird Lukas ja wohl nicht die Laune verdorben haben. Männer! Der kann mir gestohlen bleiben. Ich rede überhaupt nicht mehr mit ihm. Wie käme ich denn dazu.

Als ich dann zu ihm ging und freundlich fragte, warum er nicht beim Frühstück war, sah er mich kaum an.

Er führte Eeyore zur Weide und meinte nur: »Halt Abstand, Esel treten gerne aus.«

Salamihirn!

Mittwoch, 18. August, abends

Hab noch etwas Zeit, das Abendessen lässt auf sich warten. Heute war wirklich was los hier.

Ich hatte mich mit der Kleider-Arie etwas vergaloppiert. Hatte aus verschiedenen Trödelgeschäften in Paris alle möglichen Klamotten und Kostüme angeschleppt und stolz meiner Mutter präsentiert.

Meine Mutter war gar nicht begeistert. »Ich bin im Urlaub. Ich hab dir ja auch keine Schulbücher mitgebracht.«

Ich war etwas angesäuert, warf alles in eine große Kiste und meinte zu den anderen: »Bedient euch. Kann sich jeder nehmen, was er will.« Die Begeisterung hielt sich in Grenzen, außer Hector, Harry und Joe würdigte keiner meine Ausbeute auch nur eines Blickes.

Ich bot Cyrill einen Sombrero an. Er nahm ihn wortlos.

Den Sombrero sahen wir später auf der Weide wieder. Eeyore trug ihn und Gus hielt ihn wohl für sein Mittagessen. Er knabberte die Hutkrempe ab.

Ich hatte aber immer noch zwei Aufgaben zu lösen: meine Mutter zu beschäftigen und Lukas wieder friedlich zu stimmen. Dann kam mir eine total geniale Idee, wie ich zwei Fliegen mit einer Klappe schlagen würde. Was der Ranch fehlte, war ein Werbeprospekt. *Das Leben auf einer Ranch.* Mit vielen Fotos: Alltag auf einer Ranch, Urlaub auf einer Ranch, Hochzeit auf einer Ranch.

Meine Mutter erklärte sich großzügig bereit, als Fotografin zu fungieren, ich erklärte mich großzügig bereit, bei dem Hochzeitsfoto die Braut zu spielen. Als Bräutigam hatte ich an Lukas gedacht. Aber bevor ich ihm das Angebot machen konnte, stürmte Hector vor und schrie: »Ich bin der Bräutigam.«

Ich wehrte mich mit Händen und Füßen dagegen, aber Hector ließ sich nicht davon abbringen. Ich bot an, als Braut zurückzutreten und Flippi oder Shelly die Rolle zu überlassen. Aber die beiden behaupteten, sie müssten dringend zu den Pferden – und weg waren sie. Alle machten sich aus dem Staub. Nur Hector und meine Mutter nicht. Sie wühlte bereits in meiner Kleiderkiste, schnappte sich einen Eimer und ließ sich nicht mehr davon abbringen, die Sache durchzuziehen.

»Hör auf zu jammern, Jojo. Ich finde deine Idee gut. Hector stellt sich auf den Eimer, dann seid ihr etwa gleich groß.«

Da ich eine gehorsame Tochter bin, machte ich maulend mit.

Für Hector hatte sie ein paar Cowboysachen gefunden. Mir reichte sie eine Rüschenbluse und einen Rüschenrock. Fast hätte ich angefangen zu heulen.

»Echt mexikanisch«, meinte sie gut gelaunt.

Na gut, ein einziges Mal noch. Für ein schnelles Foto. Ist ja niemand hier, außer meiner Mutter und Hector.

Hector stellte sich auf den Eimer und war natürlich total begeistert. Dauernd fragte er, wann er denn die Braut küssen darf.

Ich boxte ihm schließlich auf die Nase und meine Mutter meckerte mit mir, weil Blut auf sein weißes Cowboyhemd tropfte.

In dem Moment ging die Tür auf. Birkenschuh. Mit Lukas. Warum hat mir keiner gesagt, dass Birkenschuh schon auf der Ranch ist? Wir hatten doch alles geprobt, seinen Empfang, die Vorstellung der Gäste und alles! Stattdessen steh ich neben einem Eimer und spiele Braut. Mit Hector. Das kann doch wohl nicht wahr sein.

Aber das war noch nichts im Vergleich zu dem, was danach passierte.

Als Hector Lukas sah, schmiegte er verliebt sein Gesicht an meins. Ich wurde puterrot und trat wütend gegen den Eimer. Der Eimer fiel um. Hector auch. Dabei hielt dieser Volltrottel sich an mir fest und riss mir aus Versehen meinen Rock runter.

Ich stand auf einmal ohne Rock da.

Lukas verzog sein Sieben-Wochen-Regenwetter-Gesicht zu einem Grinsen.

Das war mehr, als ich ertragen konnte. Ich musste weg. Weit weg. Vor allem von Lukas.

Ich zog meinen Rock hoch und rannte los. Meine Mutter hinter mir her. Ich stürmte in mein Zimmer und schloss ab. Dann packte ich meinen Rucksack. Ich verschwinde, das war's. Ich reise ab. Kam mir irgendwie bekannt vor. Déjà-vu heißt das, glaube ich. Ist französisch für »das kommt mir so bekannt vor«.

Meine Mutter bollerte gegen die Tür. Kam mir auch bekannt vor.

»Jojo, hör auf, deine Sachen zu packen. Du kommst eh nicht weit.« Kann sie hellsehen? »Du kannst doch nicht immer wegrennen. Stell dich nicht so an, sei nicht so dramatisch.«

Die hat gut reden. Stand sie vielleicht vorhin ohne Rock da?

»Komm jetzt, Jojo, mach die Tür auf. Sie sind weg. Birkenschuh zieht erst morgen auf die Ranch, er wollte nur mal kurz vorbeischauen und Lukas ist wieder bei Cyrill.«

Birkenschuh und Lukas haben sich bestimmt halb totgelacht über mich. Ich hab mich blamiert bis auf die Knochen. Na ja, genau genommen nur bis auf die Unterwäsche. Ich bleibe für den Rest meines Lebens in meinem Zimmer.

Donnerstag, 19. August

So. Neuer Tag, neues Glück. Ich beschloss, einfach so zu tun, als hätte es den gestrigen Tag überhaupt nicht gegeben.

Also, wo waren unsere Schauspieler-Gäste? Meine Mutter und ich zogen los, um noch mal eine Lagebesprechung mit allen abzuhalten, bevor Birkenschuh kam.

Aber wir waren zu spät dran. Birkenschuh war bereits eingetroffen, die Vorstellung hatte begonnen. Ohne uns.

Ein Eisenbahnschaffner lief auf Birkenschuh zu. Das heißt, genau genommen fiel er auf Birkenschuh zu. Nach zwei Schritten lag er platt auf dem Boden.

Ich schaute meine Mutter fragend an.

»Joe«, flüsterte sie erklärend.

»Eisenbahnschaffner? Soll der hier die Fahrkarten kontrollieren?«

Sie zuckte die Schultern. »Wahrscheinlich hat ihm die Uniform so gut gefallen. Außerdem hast du ja schließlich das ganze Zeug angeschleppt.«

»Er sieht nicht aus wie ein Cowboy!«, beschwerte ich mich.

Meine Mutter deutete auf seine Füße. »Er hat Cowboystiefel an. Mit Sporen!«

»Deshalb liegt er ja auch auf dem Boden. Er ist an seinen Sporen hängen geblieben.«

Meine Mutter nickte. »Das hätte er üben müssen.«

Joe rappelte sich hoch und haute Birkenschuh kräftig auf den Rücken. »Howdy pardner, ich bin Joe.«

Als Birkenschuh fertig war mit husten und sich von dem Schlag wieder erholt hatte, hielt er Joe vorsichtig seine Hand hin und meinte: »Mein Name ist Werner Müller-Birkenschuh.«

»Hi, Wern!« (Die übliche Abkürzungsmarotte!) Joe kam gleich zur Sache. »Nette Ranch haben Sie hier.«

»Das ist nicht meine Ranch.«

»Oh, wie schade. Sie sollten Sie kaufen.«

Bravo, Joe. Holzhammer-Methode.

»Ich will gar keine Ranch kaufen.«

»Also, ich würde diese Ranch sofort kaufen.«

»Dann tun Sie das doch.«

Joe geriet etwas aus dem Konzept, dann fing er sich wieder. »Würde ich ja, aber ich hab bereits ein eigenes Unternehmen.«

»Ach? Was denn?«

»Donuts.«

»Donuts? Ist ja interessant.«

Da musste Joe plötzlich seine große Chance gewittert haben. Er vergaß restlos seine Rolle. Er legte Birkenschuh kameradschaftlich den Arm um die Schultern. »Wern, so ein Donutladen ist eine ganz besonders lohnende Investition.« Und er erzählte ihm, er wolle eigentlich im großen Stil eine weltweite Donutkette aufziehen, er suche nur noch einen Partner, der in sein Business mit einsteige.

Da hört doch wohl alles auf.

Wo war bloß Harry? Jetzt brauchten wir ihn mit seinem Einsatz, damit Birkenschuh nicht aus Versehen sein Geld in Joes Donutladen steckt!

Zwei italienische Gondoliere bogen um die Ecke. Ein großer und ein kleiner.

Meine Mutter zuckte zusammen. »Oh Jojo, was hast du denn für Kostüme ausgesucht. Das ist höchstens was für einen bunten Abend.«

Mann, dann hätte sie sich drum kümmern sollen.

Der große Gondoliere klopfte dem kleinen Gondoliere väterlich auf die Schulter und sagte immer wieder zu ihm: »Ach mein Junge, nimm es nicht so schwer. Liebeskummer lohnt sich nicht.«

Harry und Hector! Ich brech zusammen!

»Sag ihm, er soll Joe bei Birkenschuh ablösen, die Ranch sei in Gefahr. Keine Zeit für einen Kostümwechsel. Es eilt«, bat ich meine Mutter.

Ich blieb in Deckung. Blamage auf der ganzen Linie.

Harry gondelte zu Birkenschuh und stellte ihm erst mal seinen »Sohn« Hector vor. Dann meinte er ohne Umschweife: »Machen Sie sich keine falschen Hoffnungen, Herr Welpenstein, ich werde diese Ranch für meinen Sohn Hector kaufen.«

Hector schmiegte sich liebevoll an seinen »Vater« und sagte: »Danke, Papa.«

Birkenschuh reagierte freundlich: »Ich bin nicht hier, um die Ranch zu kaufen. Ich will nur mal ein paar Tage gemeinsam mit meinem Sohn ausspannen. Und mein Name ist Birkenschuh. Müller-Birkenschuh. Werner Müller-Birkenschuh.«

»Hi, Wern! Ich heiße Harry. Und Sie wollen die Ranch bestimmt nicht kaufen?«

»Nein.«

Harry war ganz erleichtert, fiel Birkenschuh um den Hals, drückte ihm dankbar die Hand, guckte dann Hector an und sagte: »Gott sei Dank.«

Spinnt der?!

Ich sprang aus meinem Versteck, zerrte ihn außer Hörweite und fragte, ob er völlig übergeschnappt wäre.

Harry meinte treuherzig, er würde Hector wirklich gerne diese Freude machen.

Waren denn mit einem Mal alle verrückt geworden? »Hector ist ein wildfremdes Kind, er ist nicht Ihr Sohn! Und Sie haben überhaupt kein Geld!« Ich war stinksauer.

Da guckte Harry erstaunt und meinte: »Stimmt, hab ich ganz vergessen.«

Hector schaute mit großen enttäuschten Augen Harry an und jammerte vorwurfsvoll: »Papa!«

Harry nahm Hector in den Arm und meinte, wenn es mit der Ranch nichts würde, dann würde er ihm seinen Eiswagen vererben. Und die beiden schlenderten eng umschlungen davon.

Joe lief hinter Harry her und fragte, ob er nicht gerne einen Donutladen für seinen Sohn kaufen möchte. Er könne ihm da ein gutes Angebot machen …

Ich kann nicht mehr! Und dabei hat der Tag erst angefangen.

Donnerstag, 19. August, abends

Habe gerade zu Abend gegessen. Alleine! Lukas war bei Cyrill. Flippi und Shelly waren auf Glühwürmchenjagd. (Flippi meinte, sie nimmt ein paar Gläser davon mit nach Hause, dann würden wir Stromkosten sparen.) Harry las Hector eine Gute-Nacht-Geschichte vor, Joe hatte sich zu seinem Donutladen geschlichen, um Geld zu zählen, und meine Mutter und Birkenschuh – tja, das fing heute Mittag an, nach der verunglückten Gäste-Arie.

Dort standen dann nämlich nur noch Birkenschuh, meine Mutter und ich rum.

Birkenschuh schien erleichtert, mich zu sehen. »Ein vertrautes Gesicht. Hallo, Jojo.«

Ich brauchte all meine Willensstärke, um zu lächeln und ihn freundlich zu begrüßen. Dann stellte ich ihm meine Mutter vor.

Er war höchst verwundert, sie hier zu sehen. »Ist das Ihre Ranch?«

»Aber nein«, lachte meine Mutter.

»Ach, auch als Gast hier?«

»Nein, ich soll …« Sie brach ab und schaute mich an. »Was soll ich noch mal, Jojo?«

Na bravo. Für jeden hatte ich mir eine gute Geschichte ausgedacht, nur für meine Mutter und Flippi nicht. Wie sollte ich ihre Anwesenheit auf der Ranch erklären, ohne die Wahrheit zu sagen oder Birkenschuh misstrauisch zu machen?

»Meine Mutter hat im Preisausschreiben gewonnen.«

»Nee, also wenn, hat höchstens Flippi gewonnen. Ich gewinne nie«, korrigierte meine Mutter den Anfang meiner fantasievollen Geschichte. So kamen wir nicht weiter. Meine Mutter beherrscht nicht einmal die Grundregeln für schnelle Ausreden. Einer erfindet, der andere nickt.

Ich schaute sie böse an und begann von vorne. »Meine Mutter hat bei einem Preisausschreiben mitgemacht. Von einer Tiefkühlkostfirma. Und der erste Preis waren zwei Wochen auf der Paris-Ranch in Texas.«

Birkenschuh schaute mich mitleidig an.

Auch meine Mutter schüttelte unmerklich den Kopf.

War nicht gut.

Ich wurde unsicher. »Hat sie nicht?«

Birkenschuh und meine Mutter schüttelten gleichzeitig den Kopf.

»Wieso ist meine Mutter hier?«, fragte ich nun Birkenschuh. Vielleicht hatte er ja eine bessere Erklärung.

Er lächelte milde und väterlich. »Jojo, du musst dich nicht genieren, weil du Heimweh hattest. Zum ersten Mal von zu Hause weg. Und dann gleich so weit. Das ist schon okay.«

Ich verstand nichts.

Birkenschuh wandte sich an meine Mutter. »Ich finde es prima, dass Sie gekommen sind. So hat das Kind sein Auslandserlebnis, aber Sie sind in der Nähe, wenn es ein Problem gibt.«

Ich war ganz verblüfft. Birkenschuh lag zwar voll daneben, aber das war doch eine super Erklärung!

Auch meine Mutter war zufrieden. Aber sie war ja immer zufrieden, wenn man sie lobte. Sie lächelte Birkenschuh an, er lächelte zurück, räusperte sich und fragte meine Mutter: »Darf ich Sie denn zum Abendessen einladen? In Paris gibt es ein nettes kleines Lokal. Ist vielleicht mal eine Abwechslung zur Hausmannskost auf der Ranch?«

Hast du Töne! Birkenschuh wurde übermütig! Aber meine Mutter würde ihm gleich die richtige Antwort geben.

»Aber gern! Vielen Dank.«

He! Das war nicht die richtige Antwort!

Meine Mutter lächelte mir zu: »Wirf bitte ein

Auge auf Flippi. Du weißt ja, wie sie ist!« Und fröhlich plaudernd schlenderte sie mit Birkenschuh davon.

Deserteure! Nichts als Deserteure! Alle lassen mich hier im Stich. Für wen tue ich denn das alles?! Ja, für wen eigentlich? Wen will ich mit dieser Nummer eigentlich beeindrucken?!

Wo ist überhaupt Lukas, der Verräter? Verflixt, hab ich schlechte Laune.

Freitag, 20. August

Früh am Morgen stand Birkenschuh bereits geschniegelt und gestriegelt erwartungsvoll auf der Ranch.

Er wollte die Pferde sehen. Ich war entschlossen, das Spiel erfolgreich zu Ende zu spielen. Also lächelte ich und führte ihn zum Stall.

Flippi und Shelly thronten auf einem Heustapel und ließen Flippis Schnecken über Strohhalme balancieren.

»Das sind also typische Westernpferde?«, fragte Birkenschuh mit einem merkwürdigen Unterton in seiner Stimme.

»Das sind Schnecken!«, klärte ich ihn auf und war ziemlich erschüttert über seine Zoologiekenntnisse. Dann drehte ich mich zu ihm um und sah, was er sah: Unsere Pferde waren »verkleidet«. Sahen aus, als wollten sie in einem Nachtclub auftreten. Sie hatten Federboas und lange Perlenketten um den Hals und trugen glitzernde Stirnbänder.

Flippi rief mir zu: »Wenn ich wieder zu Hause bin, kaufe ich mir von meinem Taschengeld ein eigenes Pferd.«

Ich muss dringend meine Mutter warnen.

Ich wandte mich an Birkenschuh und improvisierte: »Wir studieren eine Nummer ein. Für den jährlichen Rancherball.«

Birkenschuh nickte.

Ich lief zu Flippi und schüttelte sie: »Wo ist der Bär?«

»He, Pfoten weg«, wehrte sich Flippi.

»Du gibst mir jetzt diesen Bären. Es ist ein für alle Mal Schluss!«

»Mamiiii! Jojo will mir meinen Bär wegnehmen!«

Birkenschuh bekam Mitleid und zog mich von Flippi weg. »Lass ihr doch den Bären!«

»Damit sie weiterzaubert?!«

»Ich hab gar nicht gezaubert!«

»Ach ja? Und wieso sehen die Pferde so aus?«

»Wir haben sie geschmückt.«

»Und das soll ich glauben?!«

Birkenschuh mischte sich wieder ein. »Warum willst du ihr denn nicht glauben? Das klingt doch ziemlich einleuchtend!«

»Sie kennen meine Schwester nicht!«

Birkenschuh nahm mich freundlich am Arm. »Warum zeigst du mir nicht die Pferde auf der Weide?«

Ich murrte, fügte mich aber und führte ihn zur Weide. Dort stand Gus, der dem Verkleidungs-Amoklauf der beiden Gören entgangen war. Wenigstens ein normales Pferd. Ich machte Gus und Birkenschuh miteinander bekannt. Birkenschuh plauderte mit Gus. Dem Pferd. Eeyore kam und schnupperte.

»Der Esel ist zutraulich«, freute sich Birkenschuh.

Ich lächelte abschätzig. »Das ist kein Esel. Das ist ein graues Pony.«

In dem Moment kam meine chaotische Mutter wie eine Filmheldin in einem weiten langen Rüschenkleid auf uns zu. Rüschenkleid? Wo hatte sie das her? Ich würde mich nicht wundern, wenn bei Shelly zu Hause jetzt ein Vorhang fehlt.

Birkenschuh ließ Pferd Pferd sein und blickte meine Mutter voll Bewunderung an. Dann schaute er mich an. »Die Ähnlichkeit ist verblüffend.«

»Im Ernst?«

»Ja, hast du nicht auch so ein Kleid? Die sehen sich wirklich zum Verwechseln ähnlich.«

Uuuh. Ich krieg einen Rüschenverfolgungswahn.

Aber trotz Rüschenkleid sah meine Mutter klasse

aus. Sie strahlte Birkenschuh an. Er strahlte zurück. Muss ja ein netter Abend gewesen sein, gestern.

Er ging auf sie zu und fuhr dabei lässig mit der Hand am Zaun entlang. Dann zuckte er. Birkenschuh hatte sich an einem Nagel den Finger aufgeratscht. Meine Mutter riss mit einer dramatischen Geste sofort einen langen Streifen von ihrem Unterrock ab und verband Birkenschuh damit den Finger. (Ich sollte ihr verbieten so viele Western zu gucken. Fernsehen hat keinen guten Einfluss auf Erwachsene.)

Birkenschuh sah sie groß an und meinte: »Haben Sie denn kein Pflaster?«

Meine Mutter entgegnete tadelnd: »Pflaster sind was für Schwächlinge. Hier lernen Sie das echte Leben im Wilden Westen kennen. Bei uns geht's zu wie vor hundert Jahren.«

Birkenschuh fügte sich und lief mit Mutters Unterrock am Finger rum.

Meine Mutter bot ihm noch an: »Wenn sich der Finger entzündet, kann ich Ihnen die Wunde mit einem glühenden Eisen ausbrennen.«

Jetzt lachte er: »Jawohl. Aber erst nachdem ich eine Flasche Whiskey getrunken habe.«

Beide lachten.

Meine Mutter hatte die Sache gut im Griff, dachte ich. In spätestens einer halben Stunde hat sie das Geld für die Ranch.

Birkenschuh schaute sich um. »Sollten wir nicht

besser eine Wagenburg bilden, um gegen Indianerüberfälle geschützt zu sein?«

Meine Mutter bekam einen ängstlichen Ausdruck in die Augen. »Hat meine Tochter Ihnen etwa einen Indianerüberfall versprochen?«

Also, das hab ich nicht. Aber wenn er einen haben will, müssen wir das wohl organisieren.

Vielleicht kann Mrs Johnsons Bingo-Runde da ja einspringen?

Wo steckt bloß Lukas?

Freitag, 20. August, mittags

Ich machte mich auf die Suche nach meinem Erzfeind Lukas. Seit meinem Braut-Auftritt bin ich ihm ziemlich aus dem Weg gegangen. Aber auf Dauer konnte ich das nicht durchhalten. Also, natürlich hätte ich es ausgehalten, ihn nicht mehr zu sehen, ist ja schließlich bloß irgendein Typ. Cool und gut aussehend zwar, aber trotzdem. So wichtig sind Jungs nun auch wieder nicht. Nur, früher oder später würden wir uns eh wieder treffen und miteinander reden müssen. Ich wollte es so bald wie möglich hinter mich bringen.

Lukas stand mit Cyrill am Zaun. Er reichte Cyrill Nägel. Ich traute meinen Augen nicht. Die beiden unterhielten sich. Ich war zu weit weg, um etwas verstehen zu können. Aber Cyrill machte Mundbewegungen. So, als ob er richtig reden würde. Nicht nur Nope und Yep. Ich war echt empört. Das darf doch wohl nicht wahr sein. Cyrill redet nie mit jemandem, und jetzt das – ausgerechnet mit Lukas.

Ich wollte Lukas demonstrieren, dass Cyrill und ich viel bessere Freunde sind. Ich schlenderte rüber. Ignorierte Lukas völlig.

»Hi Cyrill!«, sagte ich kumpelhaft. »Kann ich was helfen?«

»Nope.«

Hm. Ich guckte den Zaun fachmännisch an. »Gute Arbeit.«

»Yep.«

Wieder nix.

»Es gibt bald Essen.« Mehr fiel mir wirklich nicht ein und der verstockte Lukas sagte auch keinen Ton zu mir. Ich war wohl überflüssig. Bitte, gehe ich halt. »Ich geh dann.«

»Yep.«

Freitag, 20. August, abends

»Was heißt ›Yep‹?«, fragte Birkenschuh meine Mutter, als wir am Lagerfeuer saßen.

»Das ist ein alter indianischer Gruß, der bedeutet: Möge die Sonne immer in dein Herz scheinen und ein Bohneneintopf stets auf deinem Herd stehen«, sagte meine Mutter, ohne mit der Wimper zu zucken. Sie war voll in ihrem Element und erzählte, dass sich an der Stelle, wo heute die Ranch steht, früher ein römisches Kastell befunden hätte.

Birkenschuh grinste: »Die Römer waren nie in Amerika.«

»Tja«, sagte meine Mutter, »das glauben viele«, und wechselte schnell das Thema. Sie erzählte, dass George Washington, der amerikanische Gründervater, bereits mehrfach auf der Ranch übernachtet hätte. Im selben Zimmer, in dem Birkenschuh jetzt schlafen würde.

Ich hörte atemlos zu. »Ist das ehrlich wahr?«

Meine Mutter guckte mich böse an.

Entschuldigung. Sie kann eben manchmal sehr überzeugend sein.

»Ich denke, es ist jetzt Zeit fürs Abendessen«, wandte sie sich charmant an Birkenschuh.

Er strahlte. Meine Mutter hatte Birkenschuh ein westernmäßiges Abendessen am Lagerfeuer versprochen. Aber leider gab es ein Missverständnis mit Mrs Johnson. Mrs Johnson hatte zum Abendessen Spaghetti mit Fleischklößchen vorbereitet.

Weil meine Mutter nicht zugeben wollte, dass eine Panne passiert war, zog sie die Nummer eisern durch und wir saßen alle ums Lagerfeuer rum, wickelten Spaghettis um unsere Grillspieße, spießten die kleinen Fleischklößchen vorne auf und hielten das Ganze übers Feuer.

Meine Mutter meinte, wenn wir Haltung bewahren, merkt Birkenschuh nix.

Zu Birkenschuh sagte sie: »Das ist eine alte amerikanische Siedler-Sitte.«

Birkenschuh nickte liebenswürdig und meinte: »Ich weiß, den Brauch kenne ich. Die Ägypter haben das zur Sonnenwendfeier auch immer gemacht.«

Meine Mutter verlor fast ihre Haltung. »Die Ägypter – Spaghetti?«

Birkenschuh nickte. »Natürlich nur, wenn sie Gäste aus Italien hatten.«

Meine Mutter konnte wieder mithalten. »Wenn die Römer zu Besuch kamen.«

Birkenschuh ergänzte: »Auf ihrem Weg nach Amerika.«

Und dann kicherten beide übermütig. Uh, kichernde Erwachsene find ich voll doof.

Aber auf der anderen Seite war ich froh: Auf meine Mutter ist Verlass, sie spielt ihre Rolle perfekt. Birkenschuhs Geld rückt immer näher.

Dann erschrak ich plötzlich. Was ist eigentlich, wenn meine Mutter gar keine Rolle spielt? Wenn sie ganz in echt jetzt so nett zu Birkenschuh ist? Wenn sie sich in Birkenschuh verliebt??!

Wenn die beiden heiraten, wird Lukas mein Bruder. Oh Gott, wie entsetzlich.

Ich musste die zwei trennen.

Aber wie?

Frontalangriff.

»Mami, hast du Oskar eigentlich schon angerufen?«

Meine Mutter schaute mich strafend an. Sicherheitshalber klärte ich Birkenschuh auf: »Oskar ist der Freund meiner Mutter. Der langjährige Freund.«

So, damit war dieser Flirt beendet.

Beide saßen etwas betroffen da. Aber Birkenschuh ließ sich nicht unterkriegen. »Sie sind geschieden?«, fragte er meine Mutter.

Meine Mutter warf mir einen triumphierenden Blick zu. »Ja, schon seit ewigen Zeiten und ich konnte mich nie entschließen, wieder zu heiraten. Mit festen Bindungen habe ich Probleme.«

Birkenschuh nickte. »Ich auch.«

Hey! Das ging ja voll daneben. Jetzt haben sie auch noch Gemeinsamkeiten entdeckt.

Also beschloss ich, mich nicht vom Lagerfeuer zu rühren. Ich wollte bis zum bitteren Ende ausharren. Das kam schon bald, weil Harry plötzlich auffiel, dass Hector fehlte.

Meine Mutter fragte sofort die Richtige: »Flippi, weißt du, wo Hector ist?«

Flippi grinste, schwenkte ihren Zauberbären. »Weg.«

Meine Mutter wurde blass. Sie rückte ganz nah

zu Flippi und flüsterte panisch: »Was hast du mit ihm angestellt?«

Flippi grinste. Meine Mutter griff nach dem Bären, Flippi zog ihn schnell weg. In den Augen meiner Mutter blitzte es wütend auf. Flippi kriegte gerade noch die Kurve. »Keine Panik. Er lebt.«

»Wo?«

»Hier. Er ist auf der Ranch.«

Meine Mutter atmete auf. »Warum sitzt er nicht mit uns beim Lagerfeuer?«

»Ihm ist schlecht.«

»Wovon denn?« Meine Mutter wurde wieder misstrauisch.

»Zu viele Fleischklößchen.«

»Wo ist er?«

Flippi deutete, während sie kaute, nach hinten. Dort erkannte man in der Dunkelheit eine Gestalt, die an einen Pfahl gefesselt war: Hector.

Es stellte sich heraus, dass die Mädchen ihn dort angebunden und mit Fleischklößchen vollgestopft hatten: siebenundzwanzig Stück.

Nachdem Harry und meine Mutter Hector befreit, verarztet und ins Bett gebracht hatten, nahm meine Mutter Flippi ins Verhör.

Flippi behauptete steif und fest, es wäre ein Spiel gewesen.

Sie und Shelly hätten Hector extra vorher gefragt, ob er Lust hätte, »Fleischklößchen-Folter« mitzuspielen. Und er hätte Ja gesagt.

»Du hast ihm aber nicht gesagt, dass er das Opfer spielen soll«, schimpfte meine Mutter.

»Er hat nicht danach gefragt. Also, ich erkundige mich immer erst nach den Spielregeln, bevor ich ein Spiel mitspiele.« Und dann schaute sie meine Mutter treuherzig an. »Weißt du, womöglich hat es auch sein Gutes: So etwas passiert ihm ganz sicher nicht noch einmal. Er hat bestimmt etwas daraus gelernt. Und du sagst doch selbst immer, man sollte möglichst viel lernen.«

Meine Mutter holte tief Luft, um ganz viel zu sagen.

Flippi unterbrach sie: »Mami, ich unterbreche dich ungern, aber es ist schon ziemlich spät. Ich denke, ich gehöre ins Bett. Gute Nacht. Lass uns morgen weiterreden.«

Sie küsste meine Mutter auf die Wange, winkte Birkenschuh zu, der sich das Lachen verbeißen musste, und zog davon.

Es wird immer schlimmer mit ihr.

Samstag, 21. August

Bisher macht Birkenschuh noch keine Anstalten, sein Geld in die Ranch zu stecken. Außerdem finde ich, sollte er mal ein ernstes Wörtchen mit seinem Sohn reden. Lukas hat sich den ganzen Tag nicht blicken lassen. Hing nur mit Cyrill rum. Ich finde das absolut unhöflich. Der Anstand gebietet es, dass man Zeit mit dem Gastgeber verbringt und zusammen mit seinem Gastgeber am Lagerfeuer sitzt. Und der Gastgeber bin ich.

Lukas hat keine Manieren.

Sonntag, 22. August

Heute Morgen kam meine Mutter in mein Zimmer. Mit schreckgeweiteten Augen. Sie nahm mich bei den Schultern und schaute mich durchdringend an.

»Jojo, mein Schätzchen, wolltest du wirklich durchbrennen?«

»Hä?«

»Mit einem Cowboy!!«

Ich schaute sie immer noch verständnislos an.

Meine Mutter drückte mich an sich. »Es ist alles meine Schuld. Verzeih mir, mein Schatz.«

»Mami, worum geht's?«

»Ich weiß, ich hätte mich mehr um dich kümmern müssen!« Sie drückte mich noch fester an sich.

Wenn sie nicht bald loslässt, würde man meine Mutter operativ von meiner Seite entfernen müssen.

»Ich war nicht immer für dich da, wenn du mich brauchtest!«

»Es war okay, Mami.« Es gelang mir, mich zu befreien.

»Flippi ist ein sehr anstrengendes Kind. Da habe ich manchmal gar keine Energie mehr für deine Probleme.«

Natürlich hat sie keine Energie. Sie verbraucht all ihre Energie, um sich Probleme für mich auszudenken – die sie dann wieder für mich lösen will.

»Mami, ich hab keine Probleme.« Hoffentlich. Aber meine Mutter hatte offensichtlich eins für mich auf Lager.

Sie drückte mich schon wieder. »Du bist so tapfer.«

Auf was für einem Trip war sie denn jetzt schon wieder?

»Du fühlst dich nicht wohl bei uns? Du suchst Geborgenheit, stimmt's?«

»Bitte?«

»Sag mir, was ich falsch mache.«

»Na, zum Beispiel könntest du mich loslassen und mir sagen, wovon du redest!«

»Jojo! Stell dich nicht so unwissend!«

Ich schwieg. So kamen wir nicht weiter.

Meine Mutter schaute vorwurfsvoll. »Ich sage nur: Las Vegas.«

Las Vegas?! Shelly hat doch nicht etwa …?

»Und ich sage: Jim.«

Also doch.

»Warum wolltest du ihn heiraten?«

»Wollte ich überhaupt nicht. So ein Blödsinn. War nur ein Missverständnis.« Dann fügte ich betreten hinzu: »Außerdem wollte er ja gar nicht mich heiraten, sondern Betty Sue.«

Meine Mutter wurde noch betroffener. »Oh, entschuldige, Schätzchen, das wusste ich nicht.« Dann kam ihr mütterlicher Schutzinstinkt durch. »Wieso Betty Sue? Was hat sie, was du nicht hast? Der Mann hat ja keinen Geschmack.«

Genau.

Sie streichelte mir über den Kopf. »Mein armes Mädchen.«

»Immer passiert mir was Peinliches!«

»Jedem passiert mal was Peinliches. Und das Beste ist, wenn man dann selbst am lautesten darüber lacht.«

»Anderen passiert so was nie.«

»Ach wo«, meinte meine Mutter.

»Ach ja? Was ist dir denn bitte Peinliches passiert?«

»Nur heute oder in meinem ganzen Leben?«, seufzte meine Mutter.

»Nein, im Ernst. Also?«

Meine Mutter zuckte die Schultern. »Weißt du, mir passieren tagtäglich Sachen, die peinlich sind. Aber mir ist es nicht peinlich.«

»Na, das ist ja ein fauler Trick!«

»Was soll denn das heißen?! Wieso soll mir denn was peinlich sein, was mir gar nicht peinlich ist? Solange ich nicht andere Leute dadurch in Schwierigkeiten bringe, kann ich mich doch blamieren, solange ich will! Das ist mein gutes Recht.«

»Mit dir kann man echt nicht reden«, schimpfte ich. »Du verstehst mich nicht.«

»Hab Geduld mit mir. Sag doch einfach, was dich bedrückt.«

Eigentlich hatte meine Mutter es gar nicht verdient, dass ich mir solche Mühe mit ihr gab, aber heute war mein großzügiger Tag.

»Weißt du, diese ganze Sache mit Liebe und Verliebtsein ist ziemlich kompliziert. Da kann man jede Menge Fehler machen«, wetterte ich.

Meine Mutter seufzte noch lauter und nickte. »Wie recht du hast.«

»Hast du dich denn auch schon mal in den Falschen verliebt?«

»Darin bin ich Meister.«

»Papa?«

Erst nickte sie. Dann meinte sie: »Nein, Papa kann gar nicht der Falsche gewesen sein. Der beste Beweis seid doch ihr – Flippi und du. Ich habe zwei so tolle Zaubermädchen, und die hätte ich nicht, wenn ich nicht euren Vater geheiratet hätte. Also, daran sieht man, dass alles zu irgendwas gut ist.«

»Und wozu bitte war es gut, dass Papa sich aus dem Staub gemacht hat?«

Da musste meine Mutter doch einen Moment nachdenken.

»Also, das war deshalb gut, weil ich ziemlich unglücklich wäre, wenn wir noch zusammen wären. Denn Papa und ich haben uns nur gestritten. Und wenn ich unglücklich wäre, wärt ihr das auch. Und so sind wir heute alle glücklich.«

»Du vielleicht. Ich bin unglücklich.«

»Wieso denn?«

»Ich hab Liebeskummer!«

»Wegen Jim?«

Ich schüttelte den Kopf.

»Justus?«

Ich schüttelte wieder den Kopf.

Meiner Mutter kam noch eine Idee. »Wegen Lukas?«

Ich zuckte unschlüssig die Schultern. »Wegen allen dreien.«

Meine Mutter suchte krampfhaft nach einem aufmunternden Spruch. Da hatte sie ihn: »Liebeskummer lohnt sich nicht.«

Na klasse, jetzt fing meine Mutter auch noch damit an.

»Was soll das eigentlich heißen?«

»Andere Mütter haben auch schöne Söhne.«

»Bitte?«

»Jojo, es gibt Jungs wie Sand am Meer. Wenn's mit einem nicht klappt, dann war es eben nicht der Richtige. Dann kommt der Nächste.«

»Ach, und wie weiß ich, ob der dann der Richtige ist? Ich weiß ja noch nicht mal, ob ich echt verliebt bin oder nur glaube, dass ich es bin.«

»Oh, das ist ganz leicht. Also, zum Beispiel …«, sie überlegte. »Nee, warte mal … ja, wenn du … hm. Ist doch nicht so leicht«, gab sie zu.

»Siehste!«

Meine Mutter dachte angestrengt nach. »Doch, ich hab ein Idee. Also, wenn er zum Beispiel kleine Fehler hat oder Macken und du sie siehst, aber sie stören dich nicht. Wenn es dir egal ist, wie deine Freundinnen deinen Freund finden. Wenn du zu einem Fußballspiel mitgehst, obwohl dich Fußball gar nicht interessiert. Und wenn er das Einzige wäre, was du auf eine einsame Insel mitnehmen wolltest. Dann …« Meine Mutter nickte, sie war zufrieden mit ihrer Antwort. »Aber das ist natürlich nicht wirklich ein Beweis, es sind nur ein paar Anhaltspunkte. Viel wichtiger ist, ob er dich auch respektvoll behandelt. Sonst nützt das ganze Verliebtsein gar nichts.«

»Du bist keine große Hilfe.«

»Tut mir leid. Weißt du, mit der Zeit kriegst du das auch alleine raus.«

»Wie ist das eigentlich mit Oskar und dir?«

Meine Mutter kräuselte die Nase und meinte: »Schwierig.«

Oskar ist Kulissenmaler. Er arbeitet für dasselbe Theater, für das meine Mutter arbeitet, und die beiden treffen sich immer mal wieder. Aber dann auch immer mal wieder nicht.

Sie mag Oskar wirklich und Oskar findet meine Mutter supertoll. Aber meine Mutter will nicht mehr heiraten. Sie sagt, den Fehler hätte sie einmal gemacht. Deshalb wird sie immer besonders kratzbürstig und will ihn nicht mehr sehen, wenn Oskar ihr mal wieder einen Heiratsantrag gemacht hat.

Also, so viel besser hat meine Mutter die ganze Sache mit der Liebe auch nicht im Griff.

»Was ist mit Birkenschuh?«

»Den finde ich nett«, lächelte meine Mutter.

»Wie nett?«

»Sehr nett.«

»Hast du ihm das gesagt?«

»Bist du verrückt?!«

Und von der Frau soll ich Ratschläge annehmen!

Montag, 23. August

Für morgen ist ein Ausritt geplant. Birkenschuh ist in den letzten Tagen so fleißig im Korral im Kreis herumgeritten, dass wir ihn jetzt in die freie Wildbahn mitnehmen können. Er ist zwar kein Naturtalent, aber er hat gelernt, sich gut festzuhalten.

Ich wollte eigentlich hierbleiben, aber nachdem sich Lukas so rar gemacht hat, beschloss ich mitzureiten. Falls Lukas mitkommt. Aber da Cyrill den Ausritt leitet, wird ja wohl auch sein Schatten dabei sein.

Allerdings werde ich nicht mit Lukas reden.

Ich finde Lukas von Tag zu Tag uninteressanter. Wenn ich mir vorstelle, dass ich wegen dem mal Liebeskummer hatte! Pah! Hat er gar nicht verdient.

Ich fragte seinen Vater, wo sich sein Sohn denn rumdrückt. Birkenschuh sagte, Lukas sei unterwegs. Zäune reparieren.

Angeber. Ohne Cyrill kann Lukas doch keinen Zaun von einem Glas Gurken unterscheiden.

»Kommt Lukas morgen zum Ausritt mit?«

»Das will ich hoffen. Ich seh ihn ja kaum«, brummte Birkenschuh. Ich konnte gut verstehen, was Birkenschuh empfand.

Morgen beim Ausritt werde ich Lukas deutlich zu verstehen geben, dass er mir schnurzpiepegal ist.

Dienstag, 24. August

Ich hab nicht viel Zeit, muss mich schnell umziehen und dann gleich wieder los.

Der Ausritt war so supertoll. Von mir aus hätte er ewig dauern können. Lukas und ich sind die ganze Zeit nebeneinander geritten. Er ist sooo süß. Echt.

Im Ernst. Das denkt man gar nicht, wenn man ihn nicht so richtig kennt. Der hat nämlich wirklich was drauf. Man kann sich super mit ihm unterhalten.

Cyrill hatte Old Yeller, Gus, Diabolo, Gironimo, Homer und Eeyore gesattelt und fertig gemacht.

Flippi war sauer, dass sie auf Eeyore reiten musste. Sie hat gewettert, sie würde sich doch nicht auf einen Esel setzen, während alle anderen auf richtigen wilden Mustangs reiten würden. Birkenschuh bot Flippi an, das Pony zu übernehmen. Aber seine Beine schleiften fast auf dem Boden und Cyrill setzte ihn auf Old Yeller. Shelly saß auf Gironimo, ich auf Gus, und Lukas durfte wie immer Diabolo reiten. Mit Turnschuhen. Dabei hatte sein Vater ihm extra ein paar nigelnagelneue Cowboystiefel gekauft. Aber Lukas weigerte sich, sie anzuziehen. Nur weil sein Vater die gut findet. Wie kindisch! Ich würde solche Cowboystiefel sofort tragen. Tag und Nacht. Lukas ist manchmal noch sehr unreif.

Alles ging so weit gut. Abgesehen davon, dass Bir kenschuh zweimal vom Pferd fiel. Beim Aufsteigen.

Bevor wir losritten, suchte Flippi nach ihrem Zauberbären. Aber meine Mutter hatte ihn an sich genommen und sagte in strengem Ton: »Keine Zauberkunststücke auf dem Pferd, Flippi. Halt dich fest und mach keinen Blödsinn.«

Flippi meinte, meine Mutter habe nicht das Recht, ihr das Zaubern zu verbieten.

Und meine Mutter meinte: »Mütter dürfen machen, was sie wollen.«

Das hat Flippi schwer zu denken gegeben. Sie war nämlich immer der Meinung, Kinder dürften machen, was sie wollen.

Meine Mutter blieb mit Mrs Johnson auf der Ranch, Harry und Hector waren auf Eistour und Joe kontrollierte seine Donutläden.

Für Lukas hatte ich das Ich-zeige-ihm-die-kalte-Schulter-Programm aufgelegt. Ich ignorierte ihn.

Er mich auch.

Das wurmte mich und ich ritt neben ihn. »Gibt es eigentlich einen Grund dafür, dass du so schlecht gelaunt durch die Gegend reitest und mit keinem redest?«

»Gibt es eigentlich einen Grund dafür, dass du versuchst, Waschbären zu küssen?«

»Ich weiß nicht, was du meinst.«

»Wenn du noch derart verknallt in deinen Justus bist, dass du sogar Waschbären küssen willst, weil sie dich an ihn erinnern, frage ich mich, warum du dich so an mich ranschmeißt!«

Ich regte mich sofort auf: »Wie bitte? Ich?! Also, hör mal …«

Dann hielt ich plötzlich inne. Zum ersten Mal gelang es mir, vor dem Reden zu denken. Normalerweise ist mein Mund immer schneller als mein Verstand. Nicht in diesem Fall. Ein Warnblinker ging an und ich war still. Mir wurde schlagartig klar:

Wenn ich jetzt so weiterrede, hab ich mir wieder alles verdorben.

Ich dachte kurz nach. Jetzt half nur noch die Wahrheit. Freundlich sagte ich: »Es ist wegen meiner Mutter.«

»Erzähl keinen Stuss.«

»Im Ernst.«

»Tzz, wegen deiner Mutter. Die ist ja selbst fast ausgeflippt, als sie dich gesehen hat.«

Ich überlegte. »Aber das war doch alles Teil des Plans.«

»Vergiss es!« Lukas gab seinem Pferd die Sporen und ritt voran.

Nichts wie hinterher. Nicht aufgeben. Ich trieb Gus an und war wieder neben Lukas.

»Hast du eine Ahnung! Meine Mutter macht einen Riesenzirkus wegen einem Jungen, mit dem ich mal befreundet war und der jetzt weggezogen ist. Sie erwartet, dass ich Liebeskummer habe. Und da tu ich ihr halt den Gefallen.«

Lukas schaute mich misstrauisch an. »Ich glaube dir kein Wort.«

Hm. Ich überlegte. »Weißt du, mit Justus und mir ist es aus. Seit er weggezogen ist, hat er nicht einmal angerufen oder geschrieben.«

»Aber du bist noch verknallt in ihn?«

»Weiß nicht. Eher nein.«

Lukas nickte.

Ich holte tief Luft. »Ich finde dich echt nett.«

Puh, das kostete Überwindung. Ich hielt immer noch die Luft an. Wenn er jetzt sagt, dass er mich nicht gut findet, lasse ich mich vom Pferd fallen.

Lukas grinste. »Ich weiß.«

Ich schaute ihn wütend an. Wenigstens konnte ich wieder atmen. »Und?«

»Und was?«

»Solltest du jetzt nicht sagen, dass du mich auch nett findest?«

Lukas lachte. »Das weißt du doch!«

»Weiß ich nicht.«

»Doch.«

»Stimmt.«

Wir mussten beide lachen. Ich wurde ziemlich verlegen. So verlegen, dass meine Ohren klingelten und mir leicht übel wurde.

Themawechsel. »Glaubst du, dein Vater wird Geld in die Ranch stecken?« Gott sei Dank, ich befand mich wieder auf sicherem Boden. Das war eben ein Ausflug in höhere Gefilde. Da muss man schwindelfrei sein.

»Keine Ahnung, ehrlich nicht.«

»Ach komm!«

Er gab sich einen Ruck: »Ich glaube nicht. Tut mir leid. Er denkt nicht, dass es ein lohnendes Geschäft ist.«

Hmm. »Gefällt es ihm denn nicht?«

»Oh doch. Extrem. Er geht mir mit seiner Wildwest-Romantik sogar ziemlich auf den Wecker.«

Ich konnte ihm nur beipflichten: »Genau wie meine Mutter.«

Lukas nickte. »Eltern können so nervig sein.«

»Unerträglich«, bestätigte ich.

Während Lukas und ich weiterredeten, rasten meine Gedanken wild in meinem Kopf herum. Ich war total happy. Und völlig verblüfft. Das war ja einmalig: Wir unterhielten uns. Richtig nett. Sogar ehrlich. Und das ging total leicht.

Jedenfalls quatschten wir die ganze Zeit, lachten und hatten echt viel Spaß.

Auf der einen Seite hab ich mich darüber gefreut, auf der anderen Seite auch wieder nicht, weil ich jetzt wissen muss, ob Lukas denn auch wirklich in mich verliebt ist. Und wenn, wie sehr? Mehr als ich in ihn? Oder weniger? Und dann die Frage aller Fragen: Wann wird er mich küssen???

Also fängt alles wieder von vorne an.

Womöglich auch mein Liebeskummer.

Ich muss los, Lukas wartet auf mich.

Dienstag, 24. August, abends

Lukas und ich waren als Erste wieder auf der Ranch und warteten vor den Ställen auf die anderen.

Und damit hatten wir einen Logenplatz für die

kleine Einlage, die sein Vater gab. Old Yeller ist wirklich das zahmste, fast schon trotteligste Pferd, das man sich nur vorstellen kann, und hat eigentlich nichts im Sinn, als in seinem Stall zu stehen und Heu zu kauen. Und das wurde Birkenschuh zum Verhängnis. Als die Gruppe nämlich zur Ranch zurückkam, trabte Old Yeller schnurstracks zu seinem Stall. Wenn Birkenschuh »Whoa« gerufen hätte, wie wir ihm gesagt hatten, wäre das Pferd stehen geblieben. Aber Birkenschuh blieb stumm, hielt sich strahlend auf dem Pferd fest und überließ alles Old Yeller.

Das war sein Fehler. Old Yeller steuerte auf den Stall zu und trottete durch die Tür.

Ein Pferd passt prima durch die Stalltür. Auch ein Reiter, wenn er neben dem Pferd herläuft. Aber ein Reiter, der noch auf seinem Pferd sitzt, leider nicht.

Birkenschuh knallte mit dem Kopf gegen den Türrahmen und fiel vom Pferd.

Er hat sich nichts getan. Außer einer riesigen Beule.

Als Lukas nicht mehr lachen musste, ging er zu seinem Vater, um ihm Mut zuzusprechen.

»Das passiert den besten Cowboys. Am Lagerfeuer heute Abend wird die Beule gar nicht weiter auffallen.«

Birkenschuh schnaubte: »Weißt du, heute ist mir irgendwie nicht danach zumute, Spaghettis um einen Grillspieß zu wickeln. Ich will ein Käsebrot. Und das ess ich in meinem Zimmer. Allein.«

Sprach's und humpelte davon.

Lukas schaute mich an und hob die Schultern. Tja, da kann man nichts machen.

Ich muss mich jetzt mal darauf konzentrieren, die richtige Gelegenheit für einen Kuss zu schaffen. Wir sollten allein sein. Es sollte dunkel sein (nicht zu dunkel, ich muss ja sehen, wohin ich zielen muss). Und er sollte mich unwiderstehlich finden. Letzteres schloss ein Rüschenkleid absolut aus. Also – eine der wichtigsten Fragen im Leben: Was ziehe ich an?

Ich schaute an mir runter: olle Jeans, verwaschenes T-Shirt, Turnschuhe. Kein Wunder, dass Lukas bisher noch nicht versucht hatte mich zu küssen.

»Ich geh mich mal umziehen«, sagte ich zu Lukas. Ich versuchte, es vielversprechend klingen zu lassen.

»Wozu denn, siehst doch gut aus. Diese aufgetakelten Enten mit 'nem Kilo Make-up und schrillen Klamotten find ich voll ätzend.«

Ups. »Ich auch. Ich frag mich immer, wovon sie ablenken wollen.« Gerade noch mal Glück gehabt.

Okay, er steht auf Jeans. Wie praktisch. Dann brauchen wir jetzt eine romantische Atmosphäre.

Wir standen vorm Stall. Das zählt sicher nicht dazu.

»Wollen wir zur Weide laufen?«

»Wozu?«

Damit du mich küssen kannst, du Schnarchnase. Hier sind tausend Leute und das hier ist keine romantische Atmosphäre.

»Ich dachte nur.«

Lukas schlug vor: »Wir können Cyrill dabei helfen, den Pferden frisches Heu zu geben.«

Uuh, wie romantisch, da kennt sich aber jemand aus. Mir verging langsam die Lust. Halt! Nicht gleich die Flinte ins Korn werfen. Ich hatte eine bessere Idee: »Wir könnten Cyrill fragen, ob er uns nach Paris fährt.«

»Es gibt doch gleich Abendessen.«

Okay, ich gab auf. Dann eben nicht. Ich setzte mich in Bewegung.

Lukas war irritiert. »Wo gehst du denn jetzt hin?«

Ich zuckte die Schultern. In mein Zimmer.

»Hab ich was Falsches gesagt?«, rief er mir naiv hinterher.

Kein Kommentar.

Und ich weiß genau, was Lukas jetzt denken wird: Mädchen sind so launisch.

Tja, soll er mal darüber nachdenken, wieso.

Mittwoch, 25. August

Heute war das große Abschieds-Lagerfeuer für Birkenschuh und Lukas.

Mrs Johnson hatte Hamburger vorbereitet. Lukas stand am Grill und wendete die Burger. Mrs Johnson ging in die Küche, um Getränke zu holen. Sie starrte entsetzt auf den Küchentisch: Da stand das Hackfleisch. Noch völlig unangerührt. Mrs Johnson rannte in Panik wieder raus und starrte auf den Grill: Dort lagen die Hamburger. Offensichtlich ohne ein Gramm Fleisch.

Dass die Hamburger kein Fleisch enthielten, war Zufall. Oder besser gesagt ein Unfall, denn meine Mutter war daran beteiligt. Sie hatte Mrs Johnson von deutschen Frikadellen erzählt und Mrs Johnson hatte daraufhin Frikadellenburger à la Germany vorbereitet und meine Mutter gebeten, alle Bestandteile miteinander zu vermengen.

Hat meine Mutter bereitwillig getan: in Milch eingeweichte Brötchen, Eier, Gorgonzolakäse, Zwiebeln, Schnittlauch, klein geraspelte Karotten, ein paar weich gekochte Kartoffeln. Das hat sie alles toll vermengt und Hamburger daraus geformt. Nur das Fleisch hatte sie vergessen.

Mrs Johnson war in Panik, aber meine Mutter meinte: »Nur die Ruhe! Es wird keinem auffallen und wenn es jemandem auffällt, dann sagen wir einfach, das wäre ein altes texanisches Rezept.«

Lukas nervte mich total. Er tat so, als wäre ich Luft. Als hätte es unseren Ausritt und unser Gespräch nie gegeben. Vor den anderen spielte er wieder Mister Cool. Das kenn ich. Typische Männer-Macke. Sind immer nur nett, wenn man mit ihnen allein ist. Sobald ihre Freunde auftauchen oder andere Leute in der Nähe sind, ziehen sie diese ultracoole Mädchen-interessieren-mich-nicht-Nummer ab.

Erst war ich sauer. Aber als ich zum Grill ging, legte er mir liebevoll einen Burger auf den Teller und ich war wieder versöhnt.

Na ja, um ganz ehrlich zu sein, Lukas stand eh am Grill und legte allen die Burger auf die Teller. Und besonders liebevoll war es eigentlich auch nicht. Er warf ihn zu mir rüber, ich reagierte nicht schnell genug und er fiel auf den Boden. Also der Burger. Nicht Lukas.

Lukas deutete auf den Boden und meinte: »Ich an deiner Stelle würde den Fuß draufstellen, sonst läuft er dir womöglich noch weg.«

Ich denke mal, das war nett gemeint. Ich wollte mich gerade bücken, weil ich beschlossen hatte, den Burger trotzdem noch zu essen, da schnappte ihn Flippi vom Boden und stopfte ihn in ihren Mund.

Ich schaute sie empört an.

Sie machte große unschuldige Augen und sagte (also, soweit ich das verstehen konnte, sie hatte ja einen vollgestopften Mund): »Schuldigung, ich dachte, du wolltest ihn nicht mehr.«

Ich war voll auf hundertachtzig. Da nahte Hector.

Hector hatte aufgehört mich anzuhimmeln und schwärmte jetzt für Flippi, obwohl (oder gerade weil?) sie ihn so quälte.

Flippi reagiert immer völlig panisch, wenn er in ihre Nähe kommt. Sie hat Angst, er könnte sie küssen. Denn dann würde sie ihre Zauberkraft verlieren und der Zauberbär wäre ohne Wirkung.

Hector stellte sich neben Flippi und legte seinen Arm um sie. Flippi erschrak derart, dass sie sich verschluckte und die Hälfte von ihrem erbeuteten Burger rausprustete.

Als sie sich wieder beruhigt hatte, boxte sie Hector ein blaues Auge und drohte ihm, wenn er nicht den Rest seines Lebens als Wanderkröte verbringen wolle, soll er ab jetzt einen großen Bogen um sie machen. »Ich bin doch nicht so dämlich wie meine Schwester und lass mich küssen!«

Ich wurde knallrot und wollte was sagen. Aber alle Augen waren auf meine Mutter gerichtet.

Sie lächelte unsicher, legte den Arm um Flippi und meinte: »Die Kleine ist müde. Sie muss ins Bett.«

Während meine Mutter Flippi abführte, drehte sich Flippi noch mal um, drohte Hector mit der Faust und rief: »Hexen küsst man nicht!«

Ich lief hinterher. Wollte zuschauen, wie meine Schwester bestraft wird. Von wegen. Sie musste nur ins Bett. Was hatte ich auch erwartet?!

Meine Mutter und ich gingen zum Lagerfeuer zurück. »Ich finde Lukas sehr nett«, sagte sie und schaute mich abwartend an.

Also, was ich echt nicht leiden kann, ist, wenn meine Mutter und ich denselben Männergeschmack haben.

Ich sagte: »Du bist viel zu alt für ihn.«

Meine Mutter war gar nicht beleidigt, sondern lachte schallend.

»Ich hab dabei doch nicht an mich gedacht. Wie gefällt er dir?«

»Überhaupt nicht«, sagte ich und kreuzte Mittel- und Zeigefinger hinter meinem Rücken.

Nach dem Lagerfeuer ging ich ins Bett und heulte erst mal. Morgen fährt Lukas ab. Und ich finde ihn doch sooo toll. Und nach unserem Ausritt gestern war ich auch richtig arg verliebt in ihn. Und ich dachte, er auch in mich. Aber er beachtet mich gar nicht. Ach, das ist alles so furchtbar.

Lukas ging gleich nach dem Essen in sein Zimmer, weil sie morgen früh in aller Herrgottsfrühe aufbrechen müssen. Hat mich weder gefragt, ob wir uns wiedersehen, noch hat er mir seine Adresse gegeben oder nach meiner Telefonnummer gefragt. Er rief einfach »Tschüs« in die Runde und schon war er verschwunden. Hat mich behandelt wie alle anderen. Jim ist verheiratet, Justus ist nicht da und Lukas macht sich einfach aus dem Staub.

Ich bin todunglücklich!

Ich hab's wirklich schwer. Da soll man mal nicht ins Kopfkissen heulen!

Ich suchte gerade nach einer trockenen Stelle auf meinem Kissen, da klopfte es an der Tür.

»Jojo? Bist du noch wach?«

Oh mein Gott, Lukas!

Ich war total verheult, wollte »Ja« rufen, aber meine Stimme versagte. Ich hörte, wie er wieder weggehen wollte, und geriet in Panik. Er sollte nicht gehen. Ich riss die Tür auf.

Lukas erschrak sich zu Tode. Hoffentlich wegen der aufgerissenen Tür und nicht, weil ich so schlimm aussah. Er hatte einen Karton unter dem Arm.

»Wie siehst du denn aus? Hast du geheult?«

Ich schüttelte den Kopf und fand meine Stimme wieder. »Allergie«, hauchte ich.

»Wogegen?«

Ich zuckte die Schultern. »Ranch? Rüschenkleider? Lagerfeuer? Weiß nicht genau.« Ich klang sehr piepsig.

»Du Ärmste. Kannst du mal rauskommen? Ich … äh … ich … also, wir fahren doch morgen ganz früh ab … und da dachte ich … falls ich dich nicht mehr sehe …«

Das darf doch nicht wahr sein. Jetzt kommt er und ist lieb und reizend und alles. Jetzt, wo ich in einem alten Schlafanzug mit schlappen Haaren und verheulten Augen hier stehe. Das Leben ist so ungerecht! Wo ist Lukas, wenn ich die Haare frisch gewaschen habe, mein coolstes Outfit trage und blendend aussehe? Aber man nimmt, was man kriegt, und ich schlich schnell hinter ihm her.

Wir gingen zum Lagerfeuer. Punkt eins: Romantik. Punkt zwei: Wir waren allein. Punkt drei – lassen wir lieber weg: Ich sah bescheuert aus.

Wir setzten uns. Das Feuer war fast aus. Lukas stocherte noch ein wenig in der Glut herum. Typisch Jungs, müssen immer rumspielen, tun das aber mit fachmännischem Gesicht, als wär's eine Wissenschaft.

Wenn er den Stock aus der Hand legen würde und den komischen Karton, dann hätte er die Hände frei, könnte mich in den Arm nehmen und küssen.

»So 'ne Ranch ist echt klasse«, meinte Lukas.

»Ja, echt.«

»Ich könnte länger hier bleiben. Also, ich kann natürlich nicht, wir fliegen ja morgen wieder heim. Aber wenn ich könnte, könnte ich. Ich meine, weil ich es so super finde hier.«

Lukas klang etwas wirr.

»Die Ranch ist super«, nickte ich. Ich hätte gerne mehr gesagt, aber mir fiel überhaupt nichts ein.

Mein Kopf war total leer. Hohlraum zwischen den Ohren. Konzentrier dich, Jojo! Sag was Gescheites. »Mrs Johnson ist sehr nett.«

»Ja, sehr.«

»Harry ist auch prima.«

»Unbedingt.«

»Und Joe.«

»Mmh.«

»Hector ist etwas nervig.«

»Ja, allerdings.«

»Aber auch ganz nett.«

»Ja.«

Ich war am Ende. Blöder geht's nicht. Jetzt wurde ich nervös.

»Du hast noch Cyrill, Flippi, deine Mutter und meinen Vater vergessen«, lachte Lukas. Der hatte sich offensichtlich wieder gefangen.

Ich lachte und mir ging's auch wieder besser.

Keine zwei Sekunden später wurde mir aber wieder ganz merkwürdig, denn Lukas schaute mir in die Augen.

»Ich fand's echt toll, dass wir uns kennengelernt haben. Du bist echt … du bist irgendwie … ein chaotisches Huhn.«

»Danke«, strahlte ich.

Lukas wurde wieder sachlich. Er hielt mir den Karton hin. »Ich hab dir was mitgebracht. Ich weiß, dass du so was toll findest. Und ich steh da nicht so drauf.«

Okay, interessante Ankündigung. Ich riss den Karton auf und jubelte. Dann fiel ich Lukas um den Hals. Und er küsste mich.

Er küsste mich!

Ich wollte mich eigentlich nur bedanken. Aber das war noch besser. Er küsste mich! Ich küsste ihn.

Das Paket rutschte mir aus den Händen. Die Cowboystiefel lagen auf dem Boden. Echte Cowboystiefel. Die von Lukas. Die ihm sein Vater gekauft hatte und die er nicht anziehen wollte.

Ich hätte ihn ewig weiterküssen können. Ich war auf Wolke sieben.

»Ruf mich an, wenn du da reingewachsen bist.« Lukas deutete auf die Cowboystiefel. »Hier ist meine Adresse und meine Telefonnummer.« Er drückte mir einen Zettel in die Hand.

Ach Lukas, wunderbarer Lukas!

In meinem Zimmer hab ich dann die Stiefel anprobiert. Größe 41. Mann, da bin ich ja 'ne Oma, bevor die mir passen.

Aber wenn ich etwas Papier reinstopfe, kann ich sie anziehen. Und wenn ich sie anziehen kann, dann passen sie mir. Also kann ich Lukas gleich anrufen, wenn ich wieder in Deutschland bin.

Jetzt einschlafen kann ich vergessen. Bin zu glücklich. Kann nicht still liegen bleiben. Womöglich kann ich jetzt nie wieder schlafen vor lauter Glück. Es ist aber auch phänomenal: Lukas hat mich geküsst.

Donnerstag, 26. August

Lukas hat mich geküsst. Oh Mann, ich kann's immer noch nicht fassen. Bin übrigens doch eingeschlafen. Mit einem Cowboystiefel am Fuß, den anderen im Arm.

Heute früh kam Flippi in mein Zimmer gestürmt.

Mit folgender Geschichte:

Nachdem meine Mutter sie gestern Abend ins Bett gebracht hatte und zum Lagerfeuer zurückgegangen war, stand Flippi einfach wieder auf, um die Sache mit Birkenschuh und der Ranch in die Hand zu nehmen. Sie lauerte ihm neben seiner Blockhütte auf und als er in sein Zimmer gehen wollte, sprang sie vor ihn und stellte Birkenschuh zur Rede. »Was haben Sie sich eigentlich dabei gedacht?«

Birkenschuh hielt sich die Hand ans Herz und als der Schreck nachgelassen hatte und er wieder reden konnte, fragte er irritiert: »Hilf mir mal. Wobei?«

»Jim und uns so im Stich zu lassen?«

»Ich weiß immer noch nicht, was du meinst.«

Flippi teilte Birkenschuh unverblümt mit: »Ich denke, Sie sollten bei Jims Ranch mit einsteigen. Denn falls nicht … ich habe da so meine Methoden.«

Birkenschuh verbiss sich angeblich das Grinsen

und fragte höflich interessiert: »Was für Methoden sind denn das?«

Flippi rückte näher, hielt ihm den Bären unter die Nase und sagte leise verschwörerisch: »Hexerei.«

Birkenschuh zog die Augenbrauen hoch und meinte: »Ach ja?«

»Ach ja«, echote Flippi. »Ich kann Sie verzaubern. Jojos Freund hab ich zum Beispiel in einen Waschbären verwandelt.«

Birkenschuh tat ziemlich verblüfft und wollte wissen, was der arme Kerl denn angestellt habe.

Flippi meinte gelassen: »Gar nichts. Über den habe ich mich noch nicht einmal geärgert.« Und fügte drohend hinzu: »Können Sie sich vorstellen, was passiert, wenn ich mich über jemanden ärgere und ihn dann verzaubere?!«

Birkenschuh tat ängstlich. »Jojo hat mir von dir erzählt. Du bist diese kleine Hexe, die ein komplettes Flugzeug nach Paris zaubern kann.«

»Genau. Und ich kann noch viel mehr. Ich könnte den Eiffelturm hierher zaubern. Ganz Paris kann ich Ihnen herzaubern, wenn Sie wollen.«

Birkenschuh lachte laut. »Paris hierher zaubern. Großartig. Ja, mach das mal. Hol mal den Eiffelturm her. Das wäre eine echte Touristenattraktion. Paris in Paris, Texas. Ich sehe schon Busladungen voll amerikanischer Touristen, die hier den Eiffelturm besteigen und die Champs-Elyssées entlangschlendern. Hahaha.« Dann hörte er auf zu lachen, guckte Flippi total verblüfft an und meinte: »Mädchen, du hast recht. Das ist genial.« Er überlegte laut: »Ich werde morgen mal ein paar Telefongespräche führen.«

Dann fiel sein Blick wieder auf Flippi. »Und du gehst jetzt sofort ins Bett. Gute Nacht.«

Flippi war ziemlich empört, verwandelte Birkenschuh in einen Stachelbeerbusch und ging schlafen.

Oh Mann, bin mal gespannt, was die Knalltüte damit wieder angerichtet hat.

Freitag, 27. August

Unsere Gäste-Schauspieler verabschiedeten sich heute Morgen. Ich konnte mich gar nicht konzentrieren. Ich dachte immer noch an den Kuss und strahlte ununterbrochen. Lukas ist sooo süüß.

Alle waren etwas geknickt, weil unser Plan nicht funktioniert hatte. Ich konnte an nichts anderes als Lukas denken.

»Tut mir leid, dass es nicht geklappt hat«, meinte Joe.

»Aber wieso denn? Hat doch alles geklappt«, rief ich gut gelaunt.

»Gibt er Jim das Geld?«, fragte Joe erstaunt.

»Wer? Wofür? Ach so, ja. Äh, ich meine, nein. Leider nicht. Aber macht nichts.« Nichts war mehr schlimm. Alles war wunderbar. Lukas hatte mich geküsst.

Joe wunderte sich, sagte aber nichts weiter. Er gab mir das Geld, das ich ihm für seine Schauspielerei gegeben hatte, wieder zurück. »War ja keine Arbeit«, meinte er.

»Genau«, rief Harry und hielt mir sein Geld hin. Er stieß Hector in die Seite. Der wollte sich eigentlich nicht von seinem Geld trennen, aber ein scharfer Blick seines »Vaters« brachte ihn dazu, die Kohle wieder rauszurücken.

Mrs Johnson umarmte meine Mutter. »Werden Sie denn auch ohne mich zurechtkommen?«

»Natürlich. Kein Problem.«

Von wegen. Ab jetzt wird die Nahrungsaufnahme wieder zum Überlebenskampf.

Ich dachte an Lukas.

»Ich habe vorgekocht. Sie müssen es nur aufwärmen. Es reicht für etwa zwei Tage.«

Das waren gute Nachrichten.

Lukas hat mich geküsst!

»Das wäre doch nicht nötig gewesen, Mrs Johnson«, meinte meine Mutter.

Oh doch! Mrs Johnson wusste es besser. Ich war ihr dankbar.

Lukas ist sooo süß.

Shelly bot Flippi an, bei ihr zu Hause zu wohnen. Flippi fand das großartig. Sie packte ihre Schneckenzucht in ihren Koffer und schlenderte mit Shelly davon. Flippi meinte, dann würden sie Rosita mal auf Trab bringen.

Arme Rosita.

Es kehrte Ruhe ein. Ich strahlte immer noch. Meine Mutter freute sich über meine gute Laune. Ich freute mich über die Cowboystiefel. Und ich freute mich über meinen neuen Liebeskummer. Das wird richtig romantischer Liebeskummer. Ich bin doch echt ein Glückspilz.

Samstag, 28. August

Übermorgen geht's zurück nach Deutschland. Meine Mutter hat versprochen, dass sie mit mir in den Herbstferien einen Ausflug nach Paris macht.

Bin gespannt, wo wir diesmal landen. Paris gibt es nämlich auch noch in Tennessee und in Kentucky und in Arkansas und wer-weiß-noch-wo.

Sonntag, 29. August

Hey, es gibt ein Happy End. Echt.

Jim kam gestern Abend zurück. Mit seiner frisch angetrauten Ehefrau Betty Sue. Pah.

Wir hatten ihn erst ein paar Tage später erwartet und ich fand es ultrapeinlich, dass meine Mutter und ich uns auf der Ranch eingenistet hatten.

Aber Jim freute sich. »Ist ein gutes Gefühl, mal wieder Gäste hier zu haben.«

Na, da hätte er mal vor ein paar Tagen kommen sollen, da hätte er sich noch mehr freuen können.

Dann machte er ein trauriges Gesicht. »Wird wohl das letzte Mal sein. Die Bank will die Ranch versteigern, um die Schulden auszugleichen.«

Das waren schlechte Nachrichten. Armer Jim. Armer Cyrill.

Alle gingen niedergeschlagen ins Bett. Nur ich nicht. Ich konnte nicht aufhören zu strahlen. Lukas hat mich geküsst!

Heute Morgen rief Jim nach mir, wirbelte mich durch die Luft und gab mir einen Kuss. Na ja, keinen richtigen. Bloß so freundschaftlich auf die Wange. Aber immerhin.

Ich schielte zu Betty Sue. Was war passiert? Hatten die beiden sich gestritten und wollte er mich jetzt doch heiraten?

Aber Betty Sue strahlte auch.

Jim machte eine große ausholende Geste und sagte: »Willkommen in Paris! Paris, Frankreich.«

Ich verstand nur Bahnhof. Aber eins weiß ich ja inzwischen: Paris liegt in Texas. Und das sagte ich Jim auch.

»Genau«, meinte Jim, »Paris liegt ab heute in Texas.«

Jetzt fing ich an, mir Gedanken um Jim zu machen. Vielleicht ist ihm ja das Heiraten nicht bekommen.

Meine Mutter war pragmatischer und meinte: »Warum erzählen Sie uns nicht einfach, worum es geht.«

Jim nickte und fing an: »Ein Dr. Werner Müller-Birkenschuh aus Deutschland rief eben an. Er hat mir eine völlig verrückte Geschichte erzählt, die ich noch nicht so ganz verstanden habe. Jedenfalls brachte ihn eine Flippi auf die Idee, hier in Paris eine Art Disneyland zu eröffnen: den Vergnügungspark ›Paris‹. Er will alle Sehenswürdigkeiten von Paris nachbauen lassen. Er will das echte Paris nach Paris, Texas, holen. Eiffelturm, Champs-Elyssées, Triumphbogen, Montmartre, kleine Cafés und Geschäfte, na eben alles, was für Paris typisch ist. Dafür braucht er Land. Und das will er von mir kaufen. Von dem Geld kann ich meine Schulden bezahlen, die Ranch wieder auf Vordermann bringen und erweitern, dann können seine Besucher hier wohnen und Cowboys spielen und den Vergnügungspark ›Paris‹ besuchen. Das wird die Attraktion! Und dann sagte er noch, dafür solle ich mich bei Jojo bedanken.«

Betty Sue strahlte. »Paris in Texas, das ist klasse.«

»Nope«, sagte Cyrill und kratzte sich nachdenklich am Kopf.

Jim war total happy. »Und all das nur, weil Jojo Paris mit Paris verwechselt hatte.«

Meine Mutter griff gleich verteidigend ein: »Ja, aber nur weil sie Liebeskummer hatte.«

»Na bitte«, sagte ich. »Da sieht man mal, wofür Liebeskummer gut sein kann. Von wegen, Liebeskummer lohnt sich nicht.«

»Yep«, sagte Cyrill und ging zu den Pferden.

Für Allyssa und Leandra.
Dank an Zita, Bine und Bibi.
Gabi, du hattest recht!

Ullrich, Hortense:
Liebeskummer lohnt sich
ISBN 978 3 522 50039 5

Reihen- und Einbandgestaltung: Birgit Schössow
Innentypografie: Marlis Killermann
Schrift: ITC New Baskerville und Smudger
Satz: KCS GmbH, Buchholz/Hamburg
Reproduktion: Medienfabrik, Stuttgart
Druck und Bindung: Friedrich Pustet, Regensburg

5 4 3 2 1°   09 10 11 12

www.thienemann.de
www.frechemaedchen.de

Freche Mädchen – freche Bücher!

Hortense Ullrich

1 – Hexen küsst man nicht
176 Seiten · ISBN 978 3 522 50117 0

3 – Doppelt geküsst hält besser
176 Seiten · ISBN 978 3 522 50041 8

4 – Liebe macht blond
192 Seiten · ISBN 978 3 522 50052 4

5 – Wer zuletzt küsst ...
176 Seiten · ISBN 978 3 522 50053 1

6 – ... und wer liebt mich?
208 Seiten · ISBN 978 3 522 50024 1

7 – Ein Kuss kommt selten allein
176 Seiten · ISBN 978 3 522 50105 7

8 – Unverhofft liebt oft
160 Seiten · ISBN 978 3 522 50047 0

9 – Ehrlich küsst am längsten
176 Seiten · ISBN 978 3 522 50025 8

10 – Andere Länder, andere Küsse
160 Seiten · ISBN 978 3 522 50059 3

11 – Kein Tanz, kein Kuss
176 Seiten · ISBN 978 3 522 50042 5

12 – Liebe auf den ersten Kuss
224 Seiten · ISBN 978 3 522 50111 8

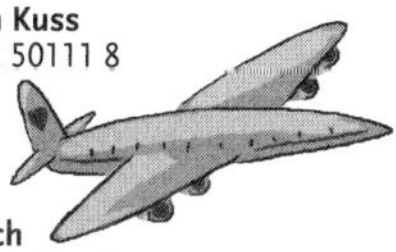

1 – Never Kiss a Witch
192 Seiten · ISBN 978 3 522 17646 0

4 – Love is Blonde
208 Seiten · ISBN 978 3 522 17763 4

6 – And Who Loves Me?
224 Seiten · ISBN 978 3 522 17881 5

THIENEMANN

www.thienemann.de
www.frechemaedchen.de